UM LIVRO EM FUGA

OBRAS DO AUTOR

Ficção

O *criado-mudo* (romance), 1ª edição: Brasiliense, 1991, 2ª edição: Editora 34, 1996. *I would have loved him if I had not killed him*, St. Martin's Press, EUA, 1994. *Die Brasilianerin*, Rütten & Loening, Alemanha, 1995. *Een jonge Braziliaanse*, Uitegeverij Anthos, Holanda, 1996. *La mesilla de noche*, Los Libros del Asteroide, Espanha, 2007

O *livro das pequenas infidelidades* (contos), 1ª edição: Companhia das Letras, 1994, 2ª edição: Record, 2004

As larvas azuis da Amazônia (novela), Companhia das Letras, 1996

Branco como o arco-íris (romance), Companhia das Letras, 1998

No coração da floresta (contos), Record, 2000

O *manuscrito* (romance), Record, 2002

Histórias mirabolantes de amores clandestinos (contos), Record, 2004 — 2º lugar do Prêmio Jabuti 2005, categoria contos, e finalista do Prêmio Portugal Telecom 2005

Olho de rei (romance), Record, 2006 – Prêmio da Academia Brasileira de Letras para Melhor Obra de Ficção 2006

Um livro em fuga (romance), Record, 2008

Não-ficção

Diplomacia Cultural: seu papel na política externa brasileira, Instituto de Pesquisa de Relações Internacionais/Fundação Alexandre de Gusmão, 1989

EDGARD TELLES RIBEIRO

UM LIVRO EM FUGA

EDITORA RECORD
RIO DE JANEIRO • SÃO PAULO
2008

CIP-Brasil. Catalogação-na-fonte
Sindicato Nacional dos Editores de Livros, RJ.

R368L Ribeiro, Edgard Telles, 1944-
Um livro em fuga / Edgard Telles Ribeiro. – Rio de Janeiro: Record, 2008.

ISBN 978-85-01-08021-9

1. Romance brasileiro. I. Título.

08-0068 CDD – 869.93
CDU – 821.134.3(81)-3

Impresso no Brasil

ISBN 978-85-01-08021-9

PEDIDOS PELO REEMBOLSO POSTAL
Caixa Postal 23.052
Rio de Janeiro, RJ – 20922-970

CÓPIA NÃO AUTORIZADA É CRIME
ABDR
ASSOCIAÇÃO BRASILEIRA DE DIREITOS REPROGRÁFICOS
RESPEITE O DIREITO AUTORAL
EDITORA AFILIADA

para Angelica
para Marcus de Vincenzi

As coisas findas
mais que lindas
essas ficarão

Carlos Drummond de Andrade
Memórias

The solace of such work as I do with brain and heart lies in this — that only *there*, in the silences of the painter or the writer, can reality be reordered, reworked and made to show its significant side.*

Lawrence Durrell
Justine

*O consolo do trabalho que faço com mente e coração reside nisto — que somente *ali*, nos silêncios do pintor e do escritor, pode a realidade ser reordenada e retrabalhada, revelando assim seu lado significativo.

1

Há países que, se não existissem, precisariam ser inventados. Por isso, talvez, preservem um ar de mistério, um perfume de *achado*, um jeito, ao mesmo tempo, de coisa antiga e incompleta, que lhes dá certa magia — dessas que em geral associamos ao universo das fábulas.

Samarkan, com suas montanhas recobertas de neves eternas, entremeadas, ao sul, por planícies douradas e, ao norte, por ocasionais desertos que lembram as estepes russas, e suas florestas tropicais entrecortadas por rios que desembocam em dezenas de praias de areia branca e fina, pertence a essa categoria de países.

Samarkan... Terras de Marco Polo e Gengis Khan, paisagens que evocam os heróis mitológicos de minha infância, e que criam raízes na imaginação de quem chega a seus vilarejos suspensos sobre despenhadeiros, seus templos e mercados, seus elefantes e suas lendas, suas mulheres belas e arredias, suas crianças de olhar límpido, sempre atentas aos fantasmas de guerreiros ou dançarinas de outras eras...

Um enigma absoluto, meu novo cenário e, por extensão, essa Ásia que me cerca por todos os lados. De onde virão tantos segredos? Das semelhanças que nos aproximam? Das diferenças que nos separam? Ou do cruzamento dessas duas vertentes, entre tantas outras mais que, com sorte, eu talvez consiga entrever nos anos em que viverei nessas paragens?

As razões que me fizeram aceitar uma posição nesta região de tal forma remota pouco devem à geografia ou às belezas naturais. São tributárias de minhas tessituras mais pessoais, das histórias que serpenteiam e ondulam a minha frente, ou me atropelam a cada novo acidente de percurso, no caso mais específico, a cada separação.

Uma coisa é divorciar-se aos trinta anos (e por essa fase passei em uma vida hoje esquecida), outra, mais complicada, repetir a proeza na vizinhança dos sessenta. Sobretudo quando, entre esses dois extremos, todo um rosário de insucessos ou frustrações também se acumulou a minha volta. Poderá o vazio que agora me cerca ceder espaço a alguma forma de convívio comigo mesmo?

Natália me deixou oito meses atrás. *Quinze anos de relação...* Vínhamos ambos de casamentos anteriores, ajudei-a a criar seus filhos, ela me ajudou a criar os meus. Um dia ela partiu, depois de pousar sobre a mesa da entrada as chaves do apartamento. Terá tido suas razões. As mesmas, quem sabe, que me haviam levado a não tentar retê-la.

O certo é que fugiu de mim e de minha centena de personagens, que também aproveitaram para sair de cena. Cada qual por uma porta diferente. São muitas as portas em minha obra — mas havia apenas uma em minha vida.

O que causara a separação? *Um capricho de nossas placas tectônicas*... Os continentes não se movem em silêncio, embora de modo imperceptível? Pois também haviam sido invisíveis nossos movimentos mais secretos. E o abalo emergira quando já era tarde. A realidade então tremera. Como treme a terra sob nossos pés, segundos após os choques mais profundos. As chaves tinham sido deixadas sobre a mesa. E uma porta continuava a bater em minha memória.

Saí de cena, por meu lado, quase em seguida à partida dela, mudando de casa, cidade, nação e hábitos. Fuga real e metafórica, ao mesmo tempo, que me levou ao país mais distante do meu em todos os sentidos, como se eu buscasse, no exotismo, ou no insólito, uma solução para meu desamparo. Não cheguei ao canto mais perdido do planeta por cortesia de aviões: viajei movido pela emoção.

Descubro que as distâncias geográficas me afetam menos que as temporais. Amanhece aqui, anoitece no Rio de Janeiro. Quando me preparo para almoçar, Natália adormece. *Pensará em mim antes de mergulhar no sono?*

Por uma indulgência, que os mais rigorosos classificariam de delírio, acho por vezes que minhas realidades atuais não passam de construções sonhadas por amigos e familiares. Inversamente, ocorre que eu desperte em plena madrugada e custe a acreditar que um sem-número de compatriotas esteja, naquele momento, se agitando em meio às mais variadas atividades, sem que, do fundo de meu torpor, eu consiga estabelecer com eles uma mínima sintonia.

Por outro lado, não há entardecer que não me leve a visualizar, naquele preciso instante, em uma linha de horizonte remota, o surgimento desse mesmo sol que se despede, só que agora aquecendo e iluminando paisagens que me são caras.

Revejo, assim, o bairro em que vivi boa parte de minha infância e adolescência, e que desperta aos poucos com a cidade, os garis limpando ruas semidesertas, as pilhas de jornais sendo deixadas em bancas ainda fechadas, os vigias noturnos se espreguiçando nas portarias de seus edifícios, um casal de meia-idade trotando pelas calçadas à beira-mar. Tudo isso vejo com a certeza absoluta de não me enganar. E mais ainda veria se a penumbra que já me envolve, deste lado do mundo, não exigisse de mim uma quota de atenção adicional, pois as noites, com seu manto anônimo, tendem a seduzir o visitante.

2

Kublai, a capital na qual me encontro há seis meses, me pareceu, à primeira vista, indecifrável. Porque as cidades, como as pessoas, têm mapas próprios, com incontáveis variações, cuja leitura depende sempre do estado de espírito de cada um, e que passam pela temperatura das ruas, pelos aromas que circulam no ar, pelos olhares distraídos ou cansados de seus habitantes, tanto quanto por suas imagens — sobretudo quando entre elas predominam alamedas dando sobre parques esquecidos, ou becos com varais de roupas balançando nas janelas.

Nesses primeiros tempos, tenho-me limitado a ir do trabalho para casa e da casa para o trabalho, levado de um lado ao outro por um motorista tão habilidoso quanto amável, em um carro solene que me distancia da cidade e sua gente, no lugar de me aproximar do que observo de minhas janelas. A cidade, caótica e bela a sua maneira, resiste como pode à devastação criada por obras permanentes, das avenidas que substituem os antigos canais fluviais aos edifícios que avançam sobre o verde das matas e dos jardins, derrubando árvores e, mais grave, histórias. Houve um tempo em que, por esses canais, circulavam embarcações de todo tipo e tamanho, transportando pessoas e mercadorias em meio a labirintos agora asfaltados. Hoje, restou apenas o silêncio dos mais velhos, que balançam a cabeça tristemente quando o passado é evocado.

Mas essa rotina, restrita à casa e ao trabalho, acabou aos poucos me cansando. Decidi então passar uns dias em Sumai, um vilarejo costeiro que fora atingido por um *tsunami* um ano e meio antes de minha chegada. Na tragédia, dois brasileiros haviam perdido a vida, uma mãe e seu filho menor, ela minha colega de trabalho, a quem não conheci por mero acaso. Nossa pequena tribo de expatriados, formada por núcleos familiares errantes, sofrera assim uma triste baixa, que esbarrava na perplexidade de perguntas sem respostas. *Por que logo eles?*, indagavam as pessoas estarrecidas.

A injustiça do destino acabara sendo maior pelo ineditismo de um fenômeno que, de tão inesperado, conferira ao drama uma tonalidade abstrata. Não fora apenas o mar que colhera mãe e filho, mas *a escala* do desastre, que levara os dois a desaparecer também em meio às estatísticas, exceto para aqueles que os conheciam e amavam, ou para pessoas que, como eu, passaram a evocá-los de forma intermitente.

Não pensava, com minha ida a Sumai, em render-lhes uma homenagem. Apesar disso, imagens difusas de ambos me haviam acompanhado, com uma insistência que, longe de incomodar, até desenhou entre nós um esboço de intimidade. Estranho comover-se com a memória de pessoas que não conhecemos, mas cuja presença se impõe pelo peso de sua ausência.

A princípio, porém, não me dei conta dessas vidas que palpitavam silenciosamente a minha volta. Na realidade, buscava apenas, com a viagem, resgatar um fragmento de meu passado, um momento de descanso e lazer, quando, três anos antes, Natália e eu tínhamos visitado a região como simples turistas e freqüentado essas mesmas praias.

Assim é que, encerrada a fase de chegada e aclimatações, e tendo percorrido nas horas vagas boa parte dos templos e mercados de Kublai, decidi aproveitar um fim de semana mais longo, cortesia de um feriado budista, e trocar o asfalto pelo mar. Coloquei na mala mais livros e revistas do que leria (um velho hábito) e vim dar em Sumai. No aeroporto, fui recebido pelo carro do hotel, cujo motorista enfrentava o calor abanando-se com uma cartolina na qual, não sem dificuldade, consegui decifrar meu nome.

Do aeroporto à praia, levamos talvez uma hora. Quando nos aproximamos do mar, pude comprovar o que já me haviam antecipado, ou seja, que o estrago das águas tinha em boa parte desaparecido. Construções de todo tipo, dos pequenos supermercados aos condomínios de luxo, das lojas para turistas aos bares e restaurantes populares, haviam brotado como cogumelos depois da chuva.

Era como se os responsáveis por essas obras, fossem eles homens de governo ou de negócios, estivessem dominados pela necessidade, compreensível, de apagar a tragédia do mapa e da memória.

Chama-se *L'Atalante*, meu hotel. (O mesmo onde havia estado com Natália.) Pierre, o gerente, um francês corpulento e muito afável, aguarda-me na porta. Morou no Brasil em época hoje remota e fala um pouco de português, que logo exibe com certa desenvoltura ao apertar minha mão, murmurando palavras de boas-vindas que soam, a um só tempo, aflitas e aliviadas.

Ele vive com a mãe, uma senhora de noventa e seis anos que se mantém lúcida e discretamente agarrada à vida. Quando a reencontro, depois de me registrar na recepção, ela me faz muita festa e, para minha surpresa, relembra detalhes de nossas conversas, ao longo de dois memoráveis jantares, sobre a literatura francesa do século XIX, que conheço um pouco — e ela muito. Sentadinha em sua cadeira de rodas na varanda à beira-mar, e alheia ao fato de que, absorto a seu lado, procuro me reorientar em uma paisagem onde nada e tudo mudou, ela diz, sem disfarçar seu orgulho e satisfação, a mão presa a minha: "Eu sobrevivi, eu escapei..."

Fico contente por ela. Busco, em seus olhos, os vestígios da onda gigante que varrera os bangalôs do hotel, hóspedes e empregados incluídos, e que ela afirma ter acompanhado, da janela de seu quarto, desde a linha do horizonte. "Nunca vi nada mais implacável do que aquela onda", sussurra em meu ouvido, quando me sento no sofá próximo a sua cadeira. *E de tão misterioso ou aterrador*, completo por meu lado. Pois, em sua idade, a parcimônia com certas palavras se justifica. Aterradora (e misteriosa) é a sombra invisível que dela se aproxima — e que, em breve, a levará para bem longe.

Pouco depois passamos à mesa e tentamos em vão direcionar a conversa para outros temas. O *tsunami* volta sempre à tona. Ora é Pierre que, com um amplo gesto, diz "tudo aqui desapareceu, tudo foi varrido, exceto essa pequena construção atrás de nós, ao topo da qual, no terceiro andar, se encontram nossos quartos", ora é sua mãe que completa a cena com um detalhe específico "a adega com os vinhos mais finos foi parar nas ruas e apenas uma pequena parte pôde ser salva da lama".

Corpos retorcidos abraçados a garrafas lacradas, entre mesas e cadeiras quebradas, fico imaginando, enquanto, a minha frente, na praia de areia branca, mulheres de todas as idades expõem seus seios ao sol. Nessa multiplicidade de visões, que vai da morte à vida, e do trágico ao poético, o que escolher do menu que me é trazido por um garçom solícito?

Um sanduíche. "Mas *como*, um sanduíche...?" indaga Pierre, preocupado em festejar melhor esse meu regresso.

O cansaço, explico, a viagem, o calor. Os dois, então, também pedem sanduíches. "Para lhe fazer companhia", sublinham. Sinto, na realidade, que a fatídica onda levou para longe os apetites de outrora. Um vinho branco, contudo, aparece sobre a mesa. Um muscadet de boa estirpe.

Um esboço de ponte se estabelece com o passado. E a conversa flui, mais solta, deixando por alguns instantes o horror de lado. Até que a pergunta inevitável é feita — e cabe a mim produzir um gesto vago, que novamente nos remete a perdas e destruições.

Discretos, mãe e filho entendem que Natália e eu tomamos rumos diferentes. Passamos à sobremesa.

— A torta de nozes está excelente — diz a velha senhora acariciando minha mão com ternura, como para me consolar de tristezas que ela sabe enraizadas na saudade.

3

Nada mais insípido do que o relato de um sonho. Por maior que seja nosso entusiasmo, por mais fortes que sejam nossas emoções ao evocar essas visões submersas, a intensidade com que vivemos a experiência, e a dificuldade com que dela nos liberamos — quase sempre perplexos ou intimidados — nunca *passam* de uma pessoa a outra. E como poderiam?

No fundo, é bom que seja assim. Se algo ainda existe de sagrado em algum recanto de nosso ser, sobretudo nesses tempos em que os mistérios se desfazem a cada dia, sem que enigmas de outro tipo ocupem seu lugar, é nossa capacidade de sonhar. Por aleatórias, fugazes e rebeldes que sejam, essas imagens acabam sendo nosso derradeiro refúgio.

Por isso não descreverei aqui, em maiores detalhes, os dois sonhos que tive algumas noites atrás, antes de vir passar os feriados em Sumai. Por saber, de antemão, tratar-se de tarefa condenada ao fracasso. Direi, apenas, para ancorar minha história em alguma realidade — e a onírica tem precedência sobre as demais —, que um deles me transplantou, me *soprou* seria o termo adequado, para um ponto urbano específico do Rio de Janeiro dos anos cinqüenta, o trecho da Nossa Senhora de Copacabana que vai da praça do Lido ao Leme, e que, naquela época, incluía em seus espaços um mercado de frutas, a loja de chocolates da Kopenhagen, diversas bancas de jornais ou botequins e, a cada esquina, uma carrocinha amarela de sorvetes da Kibon com sua barraca inclinada ao sol.

Dois bondes cruzavam essa paisagem, no momento exato em que me perdi nela. Um presente dos céus, esse painel inesperado, cheio de movimentos, de luz e alegria. Dotado, além do mais, de impressionante nitidez...

Por ali fiquei, visitando meu passado — fascinado. Só que a estampa foi aos poucos cedendo espaço à memória entristecida do presente. E o Lido de hoje se impôs ao da infância, com sua praça cercada de grades por todos os lados, sua escola imunda e sombria, seus muros grafitados com palavras obscenas, seus bares e inferninhos ladeando edifícios tomados pela fuligem, suas fachadas descascadas.

O segundo sonho, que deslocou o primeiro de cena, tinha por eixo a figura de meu pai, de repente trazido de volta ao mundo dos vivos, um pai bem mais moço do que eu nos dias que correm. Fui tomado, ao revê-lo depois de tantos anos, por uma alegria intensa, que se traduziu em um desejo de colocar em dia uma conversa que, desde sua morte, eu vinha tendo apenas comigo mesmo.

Enquanto ensaiava minhas frases, meu pai, sem ser indelicado, repelia discretamente minhas investidas, como se outras preocupações concentrassem sua atenção. Era evidente que, a seus olhos, esse filho adulto não passava da criança que, em outra era, tropeçara em suas pernas.

Foram esses os dois ambientes em que meus sonhos transitaram, por uma duração que não tenho como definir. De um lado, a beleza representada por um fragmento de cidade envolta em melancolia; de outro, o desencontro penoso com meu pai, que desafiava minha compreensão, entristecendo-me ainda mais.

Os dois sonhos deixaram uma sensação de abandono no ar, que acabou alimentando minhas saudades de Natália. O que talvez tenha inspirado esse meu regresso a Sumai, pois aqui vivi com ela dias felizes, em um passado que se desfez.

É bela essa praia na qual vim descansar, uma festa para os olhos. E é penoso, ao mesmo tempo, relembrar, pelo viés da desgraça alheia, a onda que passou, misturando à espuma perdas e destruição.

São duas praias superpostas, no fundo. A do presente, com uma população cheia de vida, que inclui massagistas e vendedores de batik, além de um contingente de turistas estirados em camas de lona ou caminhando pela areia; e a do passado, que, como em um passe de mágica, fez de pessoas, em tudo iguais, bonecos contorcidos presos à lama e à devastação. Duas praias ensolaradas, ambas abençoadas por um céu azul que se mantém indiferente face à beleza ou à desolação.

Em alguma medida, e exceto pelo componente do horror, essas areias, tão superpostas quanto misturadas, também evocam um tipo diferente de contraponto que, mal ou bem, caracteriza minha vida em Samarkan, onde oscilo entre dois mundos distintos: o profissional e o pessoal.

O primeiro, apesar de previsível em sua rotina, varia bastante, pois reflete temas que, como representante das Nações Unidas para a região, me cabe administrar, seja no plano do meio ambiente, seja no dos direitos humanos, passando pelos desafios mais variados da luta contra a pobreza.

O segundo, por ora circunscrito à solidão que me impus, se traduz por uma letargia vizinha ao sono, que me condena a escrever, como um sonâmbulo, um livro cujo alcance e natureza ignoro, mas que bem poderia começar de forma amena, na fronteira da inconseqüência, quem sabe em um simples jantar dos que povoam minha rotina social — e conquistar seu lastro aos poucos, de forma lenta e inevitável. Um livro cujos personagens ainda me aguardam nos bastidores, cômicos ou trágicos, quem sabe patéticos, mas jamais indiferentes ao destino que lhes reservo.

4

Meu predecessor em Kublai, amigo de muitos anos, me deixou em herança alguns contatos, que reluto em explorar por preferir abrir caminhos próprios. Mesmo porque um homem solteiro, ainda que já passado em anos, acaba sempre sendo alvo de convites sociais, nem que seja para ajudar, com sua presença solitária, a compor a mesa de determinados anfitriões. Examino com uma lupa cada um desses convites e, para espanto de minha secretária, uma senhora austera que, em seus longos anos de serviço, já viu um pouco de tudo, chego até a farejar uns deles, como se a tinta que registrou meu nome pudesse se desprender da tessitura do papel e me alertar contra chatices, ou sinalizar uma rara oportunidade.

É de uma princesa samar o convite que aceitei, uma velha senhora coberta de jóias que, segundo consta, alcançou notoriedade em sua juventude como cantora de ópera, e cujos elos com a família real são aparentemente genuínos. Depois de viúva, tornou-se sócia de um filho arquiteto e, por força dessa aliança, é hoje dona de dois ou três dos principais hotéis da cidade, o que multiplicou sua fortuna, abrindo espaço, com a idade, para os quilos em cujas dobras agora se aninham seus inúmeros brilhantes.

Vários deles também adornam seu braço em um relógio de pulso, e é essa a primeira visão reluzente que tenho dela, ao me inclinar para beijar a mão que me acolhe à porta do *penthouse* onde reside, um duplex no trigésimo oitavo andar de um majestoso edifício.

— Que bom que você possa ter vindo — ela diz gentilmente com uma voz fragilizada pelos anos, trazendo-me pela mão para o interior da sala onde já se encontram os demais convidados.

Dou-me conta de que sou o último a chegar (ficamos presos no trânsito, o motorista e eu). Murmuro algumas palavras de desculpa, que se perdem em meio às apresentações. "Aqui todos se atrasam", diz alguém para me tranqüilizar. Passo, de mão em mão, por um norueguês com físico de viking e sua esposa pintora, um jovem príncipe, primo da anfitriã (em cujo salão de chá estive dias atrás e que, ao me rever, me cumprimenta com afeto), um diplomata português há cinco anos no país, uma jornalista tailandesa de piteira em punho (meu par, logo vejo, retirando a mão que ela aperta na sua), a esposa do jovem príncipe, que me dá as boas-vindas com um sorriso meigo e uma ligeira reverência, palmas e dedos unidos na tradicional saudação local, e, após mais algumas apresentações, chego à poltrona que me é destinada, ao fundo da qual me instalo, avaliando de orelhada o cenário a minha volta, onde quadros e objetos de certa beleza brigam com outros de curioso mau gosto, como se a sala inteira sofresse de esquizofrenia.

O uísque que me é servido logo aquece minhas veias, eliminando por completo as culpas pelo atraso. Confirmo então uma primeira impressão: a artista norueguesa, sentada no sofá não longe de mim, é realmente deslumbrante, uma mulher no auge de sua beleza, cujo corpo decotado de sereia se move no ritmo de sua fala, como se ele próprio risse radiosamente, em uma sugestão inequívoca de abertura ao prazer. Era ela a verdadeira princesa da noite.

Por uma cumplicidade dos deuses, é ao lado dela (e não da jornalista de piteira, com quem, por sinal, conversei animadamente por um longo tempo) que me descubro sentado quando o jantar é servido, sorte enriquecida pelo fato de que meu ouvido bom é o direito (o esquerdo pifou há muitos anos) e é próxima à orelha certa que ela se instala.

Converso por um momento com a dona da casa, acomodada ña cabeceira a minha esquerda. Pouco escuto do que diz, dado o defeito a que aludi. O que não me impede de responder, pois me tornei perito nessa arte de recorrer ao que denomino "frases guarda-chuva", tradução livre de expressão também inexistente em inglês (já que por mim inventada), "*umbrella sentences*", e que significa tudo e nada a uma só vez, servindo para me proteger, com razoável margem de acertos, contra as intempéries das palavras.

Não se trata de tempo perdido, esse que dedico a nossa anfitriã, uma vez que minha artista também se vale da ocasião para esgotar uma conversa com seu interlocutor da direita, de tal forma que, quando finalmente nos voltamos um para o outro, somos como duas represas que mal resistem à pressão das águas. E é dela que parte a iniciativa de romper o dique:

— Você escreve, não é verdade? — indaga com um sorriso que revela duas fileiras de dentes alvos.

— E você é pintora... — respondo por meu lado, controlando minha surpresa. *(De onde terá tirado essa informação sobre meus livros?)* Com a pergunta, também inverto o foco da conversa para o que imagino ser seu assunto predileto. Tenho observado, ao longo da vida, que, quando dois artistas se encontram, só querem saber de si e de suas obras. Daí o pesado silêncio que em geral se abate sobre seus diálogos.

A minha esquerda, a princesa, atenta a tudo que se passa a seu redor, exclama:

— Não sabia que você escrevia. Mas posso assegurar que Ingrid é uma grande artista. Vende seus quadros por milhões.

A uma palavra da princesa o garçom retira da estante uma fotografia emoldurada, que reproduz uma das telas de minha vizinha, um Buda assustador, cujas formas e cores chapadas gritam umas contra as outras, eliminando qualquer vestígio de beleza, para não falar da espiritualidade da imagem, afogada sob a tinta.

— Ficamos todos tristíssimos quando ela desistiu de pintar Budas, mas os saguões de meus hotéis possuem diversos, você deveria visitá-los.

Sem me deter na alegre tirada de nossa anfitriã, pergunto a Ingrid como iniciou sua carreira. Ela então diz, sem hesitar:

— Só me tornei uma artista séria aos vinte e sete anos.

Enquanto o prato principal é servido (a entrada não estava má, uma mousse de arenque defumado — e os vinhos são de primeira), penso no que poderia ter ocorrido que favorecesse uma tal transformação aos vinte e sete anos.

— Hoje estou na fase das mulheres... — continua ela, abrindo a bolsa e me dando seu cartão. Aproveita para me convidar para uma exposição que fará em algumas semanas mais, em uma galeria local.

Um hábito local, esse da troca de cartões. Em algum momento da noite, mais adiante, deverei passar-lhe o meu. Além do nome, endereço completo e demais coordenadas, o pequeno retângulo amarelo traz no verso a reprodução colorida de uma de suas mulheres. Trata-se de um nu, uma espécie de sub-Botero cruzado com um sub-Picasso (da fase cubista), uma obra truncada em todos os seus aspectos, da forma às cores berrantes.

Com a ajuda do vinho, e animada pela modéstia com que falo de meus livros, fato que a diverte enormemente, ela passa, a cada frase, a tocar minha mão com a dela, criando um contraponto entre palavras e gestos que me encanta e surpreende ao mesmo tempo.

Ao levantar da mesa, contudo, tomamos rumos distintos e o encanto se desfaz, deixando em seu lugar um penoso vazio. Não tanto por ela ter desaparecido com a mesma velocidade com que surgiu. E sim porque já não me sinto, física ou emocionalmente, à altura dos desafios que o destino, vez por outra, ainda coloca com gentileza em meu caminho.

Vivo de fantasias e recordações, receita rala para quem ainda se sente jovem — e já não é. Onde buscar forças para ser consumido por uma erupção dessa qualidade e renascer das cinzas para o desejo?

Sobretudo se devo minhas cinzas à ausência de Natália?

5

Aprendo sempre algo de trivial ou relevante com as pessoas que venho conhecendo em Kublai. Sugestões sobre antiquários ou alfaiates, segredos da culinária samar, dados sobre a situação política do país e, até mesmo, revelações palacianas que possam responder pela solução de algum enigma.

Samarkan vai assim ganhando novos contornos em minha imaginação, que oscilam bastante dependendo de meus interlocutores — alguns deles também vindos de outras regiões do mundo, próximas ou distantes. Embora presos a um mesmo painel, cada qual pinta o país a sua maneira.

Com os ocidentais pouco descubro que ainda não saiba, ou intua, pois nossas visões da realidade muito têm em comum, ainda que certos enfoques sejam distintos.

Já com os asiáticos, sobretudo quando originários de países fronteiriços a Samarkan, onde imperam regimes fechados, fico sempre atento às pausas e entrelinhas. Esses têm a vivência da região no sangue e na memória, quando não nas cicatrizes que trazem pelo corpo. Mas nem sempre transmitem o que sabem, talvez pelo fosso cultural que nos separa.

Apesar disso, nutrem pelo Brasil uma simpatia que tudo deve ao futebol, tema obrigatório e ameno, pois sempre quebra o gelo, levando-nos, em poucos minutos, da seriedade ao afeto mais sincero, com direito a risos e até tapinhas camaradas. *Ah, Pelé, Garrincha... Ah, Ronaldinho...* (pronunciam invariavelmente "*Ronaldin-rrô*").

Atraco-me a essas bolas e vou driblando as minas que matam ou mataram tantos na região, afasto-me das prisões povoadas por inocentes e me faço surdo diante dos gritos dos torturados — para plantar em meus interlocutores uma semente inicial de confiança e amizade. Somente assim poderei, um dia, construída alguma ponte entre nós, tocar em temas que eles em geral evitam. Se a oportunidade surgir.

Tenho, além do mais, certo talento para lidar com o desconhecido. Olho para o *outro*, como ele talvez me veja. Ou seja, sem maiores expectativas ou inquietações. E essa tranqüilidade nos aproxima. Por força de uma simetria, que vai do interesse, ou da curiosidade, a um respeito mútuo pelas regras de um jogo cujas limitações todos conhecemos.

Nada, contudo, me preparara para a situação que vivi, em dias recentes, com o representante de um desses países. Não tanto pela relevância do episódio, em si mesmo um rodapé a mais na História, mas pela tristeza que sua leveza inicial encobria.

Trata-se de um homem jovem, com quem já conversara algumas vezes em ocasiões anteriores, ainda que superficialmente. Não terá passado da quarentena. Mas sua relativa juventude é matizada por um defeito na mão direita, que ele mantém encolhida dentro do bolso, confiando à esquerda todo tipo de função, desde cumprimentar as pessoas a erguer seu copo de uísque. A mão atrofiada escapole apenas no momento de acender um cigarro. E a parcimônia do gesto envelhece o homem, conferindo-lhe uma solenidade que os anos ainda não lhe trouxeram.

Nosso reencontro se dá em um coquetel. Querendo talvez engrenar uma conversa, ele me revela ter estado, há alguns anos, no Brasil. Por uma semana, se tanto. Conta que, encerrada a parte oficial de sua visita, viajara para a Bahia, atraído por uma curiosidade cuja origem não tentara identificar.

Em seguida, como se temesse ser ouvido, aproxima-se um pouco mais de mim e indaga, quase em minha orelha, se conheço "um santo baiano chamado Pelelê".

Pelelê?..., penso, meio perdido. *Santo baiano?...* E em voz alta respondo:

— Não, sinto muito. *Pelelê?...* Não, não conheço.

Ele parece desapontado. Coça o queixo por um instante e confessa que, em Salvador, ganhara de presente uma estatueta de *Pelelê*. E que, mediante oferendas diárias de charutos cortados ao meio, *o santo* vinha lhe prestando incontáveis favores, o mais recente dos quais a aquisição, a baixo custo, de uma propriedade rural em seu país, cobiçada desde a adolescência.

— Não será *Pererê*? — indago. — Saci Pererê?

— Sim, sim! — ele exclama. — Saci *Pelelê*.

— Uma perna só, cachimbo, boina...

— Esse mesmo... — quase grita. — *Saci Pelelê!*

Meus olhos percorrem o vasto salão retangular repleto de convidados em que nos encontramos. Por entre as pessoas, vislumbro sofás enfileirados, cada qual com uma mesa baixa em frente, onde reina um solitário vaso de flores plastificadas. Ao todo, são uns oito sofás, de cores variadas, todos pousados sobre tapetes desbotados. Observo as paredes esverdeadas, tomadas por retratos de líderes que o mundo dito civilizado condena ou condenou. Enquanto absorvo o cenário árido, povoado por seres que muito falam e pouco dizem, respiro fundo e ganho tempo.

A meu lado, o homem continua murmurando para si mesmo, como que encantado, *Saci Pelelê, Saci Pelelê*... Um homem que dificilmente serviria em Kublai, se não fosse ao menos cúmplice de atrocidades que passam ao largo de nossa conversa, e quem sabe autor de algumas delas.

Por outro lado, quem sou eu para julgar um personagem que uniu nossos dois países em seu coração, graças a um duende promovido a santo por força de algum mal-entendido?

De repente, ele deixa suas lembranças de lado e me indaga se não poderíamos almoçar juntos em um futuro próximo. Além de inesperado, o convite me soa estranho.

Por sorte meus dias na semana seguinte estão todos tomados.

Ele marca um tempo e, elevando o patamar de surpresas do momento para novas alturas, improvisa:

— E por acaso você não estaria livre... *amanhã*?

A pressa me incomoda. E o convite, praticamente imposto, me encurrala. Sinto-me, forçado a aceitar — sob pena de ser indelicado. Resta-me a alternativa de tentar controlar, um mínimo que seja, a situação:

— Com todo prazer — respondo —, à condição de que você me permita inverter o convite. E que almocemos em minha casa.

É a vez dele de hesitar. Continuo, no tom de quem não se dispõe a negociar:

— Venha comer uma comida baiana. Para matar saudades de Salvador. Tenho uma ótima cozinheira, que me prometeu um bobó para amanhã.

— Um bobó? — ele indaga, sem ter idéia do que falo. (Pronunciou *umbobô*.) Se comeu o prato na Bahia, o que é provável, seguramente se esqueceu do nome.

— É... — insisto — ...um bobó de camarão. Você vai gostar. Que tal 13:30?

Suspira, enquanto indaga pelo endereço. Vai assim, aos poucos, rendendo-se às evidências: alcançou seu objetivo, mas, ao abrir mão de seu cenário, sente-se vulnerável. Por meu lado, lido com o desafio prosaico de improvisar um almoço. Rabisco, então, no verso de um cartão social discretamente pescado do bolso: *tirar bobó congelador*.

6

Às 13:30 do dia seguinte, pontualmente, vejo, da janela do primeiro andar, seu carro chegar. O motorista abre a porta de trás, ele desce. Apesar do calor, veste terno e gravata. Eu, por meu lado, estou em mangas de camisa. Mesmo porque tenciono levá-lo para tomar um drinque na piscina.

Mal me vê descendo as escadas, ele diz "*farei como você*". Tira o paletó, a gravata e arregaça as mangas da camisa. Isso feito, deixa-se levar até o jardim, que é pequeno e cercado de muros recobertos de hera, o que dá ao ambiente certa privacidade.

— O que você quer beber? — pergunto, guiando-o até uma mesa dotada de guarda-sol, ao mesmo tempo em que puxo mentalmente uma cadeira para nosso Saci Pererê, já resignado com o rumo que a conversa tende a tomar.

Antes de se sentar, ele observa por alguns instantes as águas da piscina que brilham sob a luz de um sol a pino, a mão direita escondida no bolso de sua calça.

Servidas as bebidas, damos início a uma conversa amena sobre a casa, "*é bastante ampla e confortável*", confirmo, "*e parece muito agradável*", ele diz por sua vez, antes de acrescentar, "*mora-se bem em Kublai...*". E prossegue, assinalando a enorme vantagem da residência se encontrar a tão curta distância do escritório da ONU. Assim, falando do trânsito complicado, do calor nesse período de seca ("*vai aumentar com as chuvas e a umidade*", anuncia), vamos pintando um pano de fundo que lhe permita, mais adiante, entrar no assunto que o traz — perspectiva que me mantém atento e intrigado.

— *Ah, le Brésil...* — ele murmura em dado momento, quase que para si próprio, valendo-se de uma pausa na conversa.

E então sugere, como se sentisse a necessidade de eliminar uma derradeira barreira que ainda existisse entre nós:

— A propósito, já que agora nos conhecemos melhor, não poderíamos cortar as formalidades? Chame-me de Nguon.

Em seguida, inclina-se ligeiramente em minha direção, baixando os olhos para o copo que balança entre as mãos, como se suas palavras pudessem emergir do tilintar de quatro pedras de gelo. E comenta, no tom de quem não espera reação minha — e apenas reflete sobre um tema cuja importância real ainda se mantém oculta:

— Você conhece um pouco meu país, não é verdade... Sabe do que ocorreu por lá.

De minha parte, silêncio total, um leve movimento de cabeça e novo gole de uísque.

Ele prossegue:

— Você uma vez comentou que escreve, que tem livros publicados em seu país.

Noto, a cada dia que passa, que não é minha profissão ostensiva que interessa às pessoas em Kublai, talvez por sentirem que muitos a exercem com igual ou maior competência. É meu *outro* ofício que desperta a atenção, pois tende a abrir espaços para revelações inesperadas. Vindas sabe-se lá de onde.

Vamos assim, ao abrigo dessa minha trilha alternativa, nos aproximando de um universo mais privado e, por meio dele, do cerne de um mistério.

— O tempo não me ajudou em nada, a dor só aumenta e a saudade também.

É sinuosa a forma que meu companheiro encontrou para enfrentar suas tempestades, falando para si mesmo, distanciando-se de mim e nos envolvendo, com isso, em neblinas distintas.

De repente, porém, muda de idéia. E, tomado por uma força que talvez nem tenha, permite que seus demônios escapem e se agrupem a nossa volta:

— Fui levado, muito menino, a denunciar meu pai. Eu tinha dez anos. E ele foi massacrado.

Aqui ergue um rápido olhar para mim. Certifica-se de que ouvi bem o que ele disse.

— Antes de ser carregado, meu pai me abraçou. E ainda teve tempo de gritar: "*A culpa não é sua, Nguon, você é muito jovem, esqueça isso! A culpa não é sua...*" Só parou de gritar dentro do caminhão onde o jogaram. Os guardas que o aguardavam debaixo da lona já começaram a bater nele ali mesmo. Seu corpo foi encontrado no mato quatro dias depois. Seus olhos tinham sido vazados, sua língua arrancada. *A culpa não é sua...* Até hoje escuto seu apelo em sonhos. Como é que, naqueles minutos, ele adivinhou que havia sido eu quem o...?

As máscaras caíam, a dele, de filho que condenou o pai à morte, a minha, de escritor que descobre pouco saber da vida — e que, por isso, vampiriza o horror alheio.

— Ele tinha sido professor da escola primária do vilarejo onde nasci. Foi o que bastou para torná-lo vulnerável. Quanto a mim, sentia naquela idade uma necessidade vital de provar às autoridades que eu era... que eu era... *bom*. Precisava traçar uma linha divisória entre meu pai e eu. Para poder ser aceito na coletividade. Queria participar dos grupos, por mais sanguinários que fossem, para não ser condenado à fome e à miséria. E indiretamente à morte. O coletivo representava a vida.

A cozinheira anuncia que o almoço está pronto. Após trocarmos um olhar, caminhamos em silêncio em direção à mesa. O bobó é servido. Nguon reconhece o prato na hora, sorrindo para as travessas fumegantes com timidez.

— A propriedade que consegui comprar depois de minha viagem à Bahia, aquelas terras que...

— Sei... — interrompo, abrindo meu guardanapo e relegando nosso Saci ao esquecimento.

— ... foi para minha mãe e meus irmãos. Depois da morte de meu pai, os três passaram fome e, por anos a fio, enfrentaram as piores privações. Minhas irmãs sumiram e nunca foram encontradas. Devem ter sido entregues aos militares. Muitas tiveram esse destino, mesmo as mais jovens. Poucas escaparam. Eu nem sei se...

Cala-se. Observa por um instante o próprio prato. Nota que serviu muito mais arroz do que bobó. Ao se dar conta da desproporção, olha para mim, sem deixar de iluminar a comida com seu sorriso, o mesmo que perdeu quando se tornou *bom*.

— Um punhado de arroz... — revela —, era o que eu comia por dia. Às vezes dois. Mas sempre aguados.

Aqui, um sorriso cúmplice:

— Fora as lagartixas que, com sorte, capturava.

Novamente sério:

— Fui sobrevivendo. Mais adiante, depois que entrei para os quadros do partido, consegui estudar. E os anos foram passando. O regime, sem sustentação popular, foi ruindo por si próprio. Fugi do campo para a cidade, onde vítimas e culpados se misturavam em um caldeirão comum de esquecimento. Por ironia, acabei indo trabalhar como motorista na casa de um professor que me acolheu como seu filho. Com ele, aprendi línguas e, quando a oportunidade se apresentou, ingressei na carreira diplomática. Fui subindo, degrau a degrau, e aqui estou...

Depois de uma pausa, conclui, em tom de desabafo:

— Agora quero escrever. Quero contar essa história. A minha, a de meu pai, a de minha família, a de meu país. E quero que você me ajude a escrever. Não sei por onde começar...

Não percebe que já começou.

7

Decorridos uns dias de nosso almoço, Nguon me envia, por portador (e em um envelope lacrado), as seis páginas com que pretende abrir sua história. Havíamos combinado que eu o ajudaria a dar uma empurradela no texto. E que não me responsabilizaria por seu francês, uma língua que falo bem, mas escrevo mal, devido à abundância de consoantes dobradas, que me deixam tonto. O português pode ser menos conhecido do que outras línguas, mas não nos ameaça com o número de "*t*"s que deveriam, ou não, adornar palavras já sobrecarregadas de tristezas, como, por exemplo, *lamento.* Para não falar dos acentos graves que, sem maior hesitação, provocam em duelo agudos ou circunflexos. *Je regrette*, havia-lhe dito: revisão de francês, *non, désolé.*

Uma apreciação do material em sua fase inicial, contudo, semelhante à que, em outro contexto, o conhecedor de vinhos se permite, ao aproximar das narinas a taça na qual dois dedos de tinto ainda giram por um impulso de sua mão, isso sim, poderia fazer. Desde que ele entendesse que minha opinião não refletiria um julgamento de valores, apenas uma olhadela instintiva, de quem intui antes de ler. Esclarecido o ponto, conquisto uma liberdade sagrada: a de permanecer com o texto, se dele gostar, consumindo a garrafa até a última gota; ou a de abandoná-lo à própria sorte, sem com isso ferir demais a suscetibilidade alheia.

Assemelhava-se mais a um monólogo, esse seu capítulo inicial. Se tomasse uma forma humana, faria pensar no ator que se atraca aos bastidores para evitar pisar em cena. Uma vez mais, fica evidenciado ser impossível dar conselhos a quem deseja escrever — e treme na hora. Os labirintos que levam às boas histórias passam por trilhas que nascem bem além do universo pessoal, pois que se enraízam em um mistério. É preciso saber fechar os olhos e mergulhar na escuridão. O mundo já tem uma quota excessiva de escrevinhadores trabalhando a meio metro do solo, amparados por redes ou camas elásticas.

Não resta dúvida, porém, de que Nguon tem algo a dizer, algo que o consome — mas que se encontra de tal forma soterrado que, quando finalmente bate no papel, chega encolhido e frio. Como se o grito preso em seu peito varasse distâncias intermináveis até morrer na praia como um gemido.

Por isso, não gosto do que escreve. Pela distância que separa a versão oral da escrita. Havia uma dignidade em sua fala, que desapareceu. Por força dessa omissão, abriu-se uma fenda. E muito da qualidade de sua história nela se perdeu.

Apesar disso, encorajo-o, em um rápido telefonema, a prosseguir. Ele nota minhas reticências, ensaia uma pergunta nervosa. Quer saber se gostei. Sem responder de forma direta, procuro tranqüilizá-lo, digo que vá em frente. Pode ser que, mais adiante, encontre a chave do labirinto. E que um anjo leve essas linhas iniciais a ceder espaço a outras — que então tomem o rumo certo. O que importa, no momento, é que a placenta rompida expulse toda essa água suja que, há muitos anos, embala ou afoga um feto exausto.

Quanto mais penso no assunto, porém, mais percebo como não terá sido crucial o encontro com *Pelelê* em Salvador — fato que, a princípio, interpretei mal. Trata-se, na realidade, do reverso patético de um espelho trágico. Já que os homens não podiam perdoá-lo, a absolvição teria mesmo que decorrer de um milagre. No caso, personificado pelo *santo baiano*.

Por outro lado, a coincidência de que eu, sendo escritor, tivesse vindo da terra do Saci, tampouco me escapava. Era ela que fizera de mim o herdeiro legítimo dessas memórias. Mas se minhas responsabilidades aumentavam, com elas também crescia meu grau de exigência. Estaria talvez aí, quem sabe, a origem de minhas reticências.

Encontro-me sentado no jardim quando releio o texto. O vento ameaça levar as folhas pousadas sobre a mesa para longe. *Paciência...* Essa suposta indiferença, contudo, não me traz o menor alívio. Afinal, que direito terei eu de ignorar o destino que essas páginas poderão ter?

Todo o direito..., insisto comigo mesmo. Pois Nguon, percebo mais claramente na releitura, manipula sua culpa para seduzir o leitor — e com isso angariar simpatias e compreensão. É de um padre que ele necessita, não de um editor.

Escreverá com o coração saindo aos pulos pela boca, ou com a atenção voltada para as telas dos cinemas? Talvez nem ele próprio tenha condições de responder. Contrapõe, em uma mesma frase, a dor da mãe ensangüentada, vendo-se separada do filho de colo, ao "*olhar metálico e frio do militante adolescente, cujas mãos franzinas mal dão conta da metralhadora que traz colada ao peito*". Os tiros poderão ter sido certeiros, mas as palavras erraram o alvo. O que tenho em mãos é a semente de um melodrama, não o mapa da traição.

Há algo mais grave. Um exame detido do texto revela que, ao longo da vida, Nguon terá lido inúmeros livros sobre as tristezas de que foi vítima ou testemunha. E terá sofrido com a distância que sempre separa a versão dos fatos. Sobretudo quando estes últimos acabaram com sua paz de espírito, fazendo dele um adulto antes da hora. "*Uma coisa é saber, por ouvir dizer ou ler. Outra, mais difícil, por ter visto.*"

No almoço, contudo, fora mais longe: "*Outra, terrível, por ter participado.*"

Se ele reconhecera as diferenças entre cada degrau dessa tenebrosa escada, por que disfarçar a verdade? Por que não revelar que é *ele* o menino da metralhadora? E que essa mãe sofrida, cuja caveira sorridente ornamentará, muitos anos depois, a pirâmide de ossos montada em algum museu do horror, morrerá, nos minutos que se seguem à descrição da cena, graças à pressão de *seu dedo* no gatilho? E que a criança sendo levada não terá destino melhor? Por que não dizer logo que a vida era barata — e a morte grátis?

Por que falar de tantos afogamentos, curras, sevícias e enforcamentos na qualidade de testemunha, quando na realidade fora autor de muitos deles? (Frases que registrei em um caderno após sua partida de minha casa: "Mesmo amarradas e encapuzadas, era penoso afogar as mulheres em nossos tanques. Debatiam-se mais do que os homens. Quase sempre porque deixavam filhos para trás e suspeitavam que eles teriam pouco depois o mesmo fim. O que, aliás, raramente ocorria.")

Raramente...

Nada invento, por respeito ao que ouvi. Apenas repito as palavras de Nguon naquela tarde, os diamantes sórdidos que agora sumiram de seu texto. Como fazê-lo entender que, ao se dissociar dos gritos dos espancados, das fezes dos enforcados, dos gemidos dos torturados, dos corpos esqueléticos dos suplicantes, poderá estar agravando ainda mais a traição cometida na infância? E que, para esse gênero de fraqueza, não costuma haver perdão?

8

Pierre, o gerente do hotel *L'Atalante* em Sumai, está ao telefone comigo. Depois da mais breve troca de saudações, gagueja:

— Achei que você gostaria de ser informado...

— Sim...?

— Minha mãe...

Não precisa completar a frase. *Noventa e seis anos*, penso por meu lado. *A rigor, quem viveu tanto não pode...*

— Não posso me queixar da vida — concorda ele, embora deslocando para sua pessoa o foco de meu pensamento —, tive mãe por quase setenta anos!

A revelação não o ajuda muito. Sua tristeza vara distâncias. Ela partiu, ele ficou. Descobre-se velho e só, em um país estranho. Como eu, quem sabe, em alguns anos mais.

Minha mãe continua viva, apesar de idosa. Falo muito com ela ao telefone. Em uma conversa recente, ela brincou comigo, queixando-se de não freqüentar as páginas de meus livros ("... *você só fala de seu pai, meu filho, desencarna desse pai...*" disse com razão).

— Ela teria desejado viver mais... — comenta Pierre.

— É natural... — respondo em voz baixa, como para mim mesmo.

Quem não quer viver mais? Os muito pobres, talvez. Os muito doentes ou muito loucos. E ainda assim...

Tento reconfortá-lo, digo que entendo sua dor, que quanto mais vive um ente querido, maiores serão as saudades que deixa, mas ele permanece insensível a meus clichês, preso que está a seu monólogo interior. Em dado momento, porém, a dor aflora à superfície:

— Não tinha para quem telefonar... Minha única irmã já faleceu, não tenho filhos... E minha mãe gostava de você.

Ainda bem que tenho três filhos, penso satisfeito, enquanto ele soluça baixinho do outro lado da linha, *sorte minha*. Mas era verdade, a velha senhora gostava de mim. Sentira isso de modo claro em nossos encontros. O amor pela leitura nos unira.

— E eu dela. Também gostava muito dela. Lembro sempre de nossas conversas. Sobre lite...

— ...literatura francesa.

— É, do século XIX.

Ofereço-me para comparecer ao enterro. Imagino que Pierre contará apenas com o apoio moral do pessoal do hotel, tão longe está de seu país. Para minha surpresa, contudo, ele revela que a mãe já foi cremada. Com um riso nervoso, acrescenta:

— Está aqui a meu lado. Sobre minha mesa-de-cabeceira.

Marco uma pausa, em busca de uma palavra apropriada às circunstâncias.

— Em uma urna verde — completa.

Para quem, como eu, vinha pensando com certa constância na própria morte, ainda que de maneira discreta, o tema se revestia de uma ressonância especial.

— Imagino que a levará de volta à França? — pergunto com cautela.

— Sim... — ele responde. — Em frente à casa na qual viveu por quase toda sua vida, na Normandia, passa um rio.

Diz *une rivière*, ou seja, um rio de tamanho médio.

— Espalharei as cinzas em suas águas. Ela costumava, nos mais variados períodos de sua vida, dos melhores aos menos bons...

Não ousa dizer *piores*...

— ...sentar-se em uma cadeira de balanço para ver o sol se pôr sobre as águas que passavam. E, para mim, sua vida correu como esse rio. Nem caudalosa nos invernos, nem rasa nos verões. Era constante, como uma mãe deve ser. Como a minha foi.

Águas, sempre águas... No que me dizia respeito, seria no mar, não longe da Pedra do Leme, onde iriam parar *minhas* cinzas. Agora que Natália se foi, preciso comunicar essa decisão a meus três filhos. Eles sempre ficam nervosos quando falo da morte. Mas temo que ela virá cedo. Do contrário, não mandaria recados.

— Por que não passa um dia em Kublai quando vier pegar o avião para a França? — sugiro. — Poderíamos almoçar juntos.

Mais adiante, desligamos. Está bem triste, meu amigo Pierre. Procuro recordar-me do nome de sua mãe, a quem me dirigira sempre como *vous*, ou *madame*. Com algum esforço me lembro. Trata-se de nome pouco usual atualmente na França: *Fernande*.

Faço então as contas no silêncio de minha sala de trabalho. E acendo um cigarro. Fernande terá nascido por volta de 1910. *Meu Deus*..., penso. Foi menina na Primeira Guerra Mundial, jovem adulta na Segunda, senhora de meia-idade na da Coréia, mais velha ainda na do Vietnã, uma anciã na do Golfo Pérsico, quase um fantasma na do Iraque. Dos obuses à guerra eletrônica, vira de tudo. Da invenção da vitrola e do telefone rudimentar, aos computadores, CDs, DVDs celulares e internet. Como terá conseguido lutar contra a vertigem dos anos finais de sua vida? *Graças à leitura*, ela responderia se ainda estivesse entre nós.

Tinha minha idade atual em maio de 1968. Teria estado em Paris quando das revoltas estudantis e operárias, que inspiraram revoluções e mudanças no mundo inteiro?

Aplaudira, ou vaiara, os manifestantes? Preciso indagar a Pierre se ela apreciara Godard. É provável que não. Seu gosto estava mais para Renoir e Marcel Carné. *Les enfants du paradis* havia sido seu filme preferido, como continuava a ser o meu.

Por duas vezes Fernande terá sido testemunha das invasões de que seu país foi vítima, por tropas de uma nação hoje amiga e aliada — apesar dos milhões de mortos que ainda choravam na escuridão. Em algum momento terá se casado, para enviuvar logo a seguir...

Teria tido muitos amantes? Antes ou depois do casamento? *(Durante...?)* Como associar sua figura fragilizada, sentadinha em uma cadeira de rodas, aos caprichos das dúvidas e da paixão? Teria sido bela, mal controlando o coração que batia movido por desejos vividos ou imaginados? Teria monopolizado a atenção dos homens pelo simples poder da sugestão?

O mais provável, porém, é que tivesse levado, como tantas mulheres de sua geração, uma existência pacata ou resignada, criando um filho que, com o passar do tempo, se tornaria seu esteio e companheiro. Por toda sua vida adulta, ensinara em uma escola de vilarejo na Normandia. Entretinha-se com o pôr-do-sol, em uma cadeira de balanço que recolhia à sala de estar no inverno. Imagino-a, com um xale de lã sobre os ombros, movendo-se com uma dificuldade crescente, a cada ano que passava.

Cinzas, só o que dela restara... Em tudo iguais às de meu cigarro. No fundo, sabia pouco da velha senhora que agora repousava em uma mesa-de-cabeceira de um hotel de praia...

Penso em minha mãe, que fará noventa anos no mês de junho. Cada um deles radioso a sua maneira. Mas, no fundo, o que terei sabido dela? O convívio, e até mesmo o amor, se traduzem por percepções. Mas certezas?

Meus irmãos têm se revezado em sua cabeceira, pois ela esteve mal de saúde. *Sua mãe foi e voltou*, haviam informado os médicos. Pelo telefone, ela me confessara com a voz trêmula:

— Não sei bem por onde andei. Seus irmãos não me dizem nada. Deve ser para não me assustar.

A *ansiedade diante da morte*. Temo por ela, temo por mim... Acostumei-me a essa sensação de vulnerabilidade, mas não consigo associá-la a minha mãe, pois ela sempre transmitiu aos filhos uma visão otimista e positiva da vida. Se ela partir antes de mim, o que não é certo, mas provável, é dessa segurança que sentirei falta. Da alegria e confiança com que comentava meus livros, quando quase ninguém mais falava deles. Exceto Natália.

— Os médicos andam meio confusos... — explica, ao mesmo tempo em que busca me tranqüilizar —, mas eu...

Aqui a longa pausa que me preocupa.

— ...eu estou bem, meu filho. Muito triste, mas bem.

Meu filho... Por vezes sinto que hoje teria idade para ser *seu pai*, dando uma pirueta no tempo e penetrando em dimensões que, talvez em breve, ela e eu ainda freqüentemos, queiram os deuses que juntos — e o mais tarde possível.

A sintonia com esse seu primogênito, tão distante, mas nada remoto, mantém-se inabalada:

— E como vai *sua* saúde, meu filho...? — indaga, a voz de súbito mais firme. — Você tem cuidado bem dela?

Apago, então, o cigarro. E respiro fundo.

9

Dias depois, Pierre me telefona para confirmar que passaria algumas horas em Kublai, a caminho de Paris. Renovo então meu convite de almoço e escolho um restaurante de hotel, não por falta de imaginação, mas para que ele não se sinta fora de seu ambiente nesse momento difícil.

Kublai possui uma excelente rede hoteleira, sendo que minha opção, o Raffles, se destaca entre os rivais. Reúne a majestade dos palácios a uma arquitetura despojada de excessos, e sua decoração, entremeada de plantas, mais parece saída de um romance de Somerset Maugham, autor que, por sinal, nele se hospedou mais de uma vez. Em homenagem a ele (e a outros escritores ou artistas ilustres que também passaram por suas portas em momentos distintos, entre os quais Joseph Conrad e Noël Coward) o hotel batizou de *Author's Lounge* uma sala onde eles, à tarde, tomavam chá, liam ou escreviam cartões-postais. E na qual, chegada a noite, bebiam.

Chama-se Tha Om, o restaurante. Fica no último andar do Raffles e dele tem-se uma vista do rio Mandalay, que cruza a cidade de uma ponta a outra. Chego um pouco antes da hora marcada, peço um uísque no bar e fico imaginando como não teria sido bela essa cidade há trinta anos, com as centenas de canais a desembocar neste heróico sobrevivente — que talvez até conserve, em seu leito, a memória dos pequenos afluentes que se foram.

A verdade é que, apesar do crescimento desordenado, a cidade preservava seu charme e poesia, algo difícil de definir, mas que se tornava mais visível nos primeiros planos das esquinas e ruelas, ou nas calçadas onde todos comiam separados, em meio à fumaça e aos vapores que emergiam de grandes panelas — do que no plano mais geral que agora concentrava minha atenção. Aqui predominava a luz do sol, que transformava as embarcações a cruzar o rio em miragens espelhadas nas águas barrentas.

Havia — e isso era mais difícil de explicar — uma incrível *energia* em Kublai, também pensei, enquanto dava um primeiro gole em minha bebida. Energia que os turistas jamais sentiam, porque levava certo tempo para ser detectada, mas que os estrangeiros aqui residentes conheciam bem. Era uma cidade, de todas onde vivera (e haviam sido muitas, quase sempre mais belas do que esta), *que me fazia bem.*

Por que, não sei. Talvez pela presença do budismo no dia-a-dia de seus habitantes, uma religião nada impositiva, que estendia a todos seu manto protetor, filtrando da atmosfera atritos ou tensões. Os samares podiam ser lentos, em sua maneira de ser, e sinuosos na forma com que se expressavam, mas eram harmoniosos em sua essência. E o forasteiro que não se adaptava a seus ritmos saía perdendo.

O bar do restaurante dá para um pequeno hall onde ficam os dois elevadores. Vejo, assim, Pierre chegando. Traz uma sacola. Após apertar minha mão e a de um garçom conhecido seu, senta-se comigo no bar e pede uma taça de vinho.

Aponta então para a sacola, pousada na cadeira ao lado:

— *Mamãe*... Não tive coragem de deixá-la com a bagagem no aeroporto. Você não se incomo...

— Ao contrário, você bem sabe o quanto eu gostava dela.

Brindamos então a sua mãe. Pareceu-me que a sacola se inclinara ligeiramente, mas pode ter sido efeito do uísque.

— Depois do almoço, vou levá-la para passear um pouco no Mandalay comigo. Ela adorava essas águas, que talvez a fizessem pensar nas de outro rio, o de toda sua vida. Você não gostaria de vir conosco?

Conosco...

As paisagens locais me seduzem cada vez mais. Precisava me abrir para o país, vê-lo com olhos de um visitante enamorado. Nem que fosse para sacudir um pouco os cenários de minhas histórias. E por que não começar com um passeio rio acima?

— Vamos almoçar? — indago quando terminamos nossos drinques.

— Vamos... — ele responde.

Esquece a mãe na cadeira do bar. Prefiro não avisá-lo de imediato. Como órfão envelhecido que é, jamais se perdoaria. Torço para que, em dez segundos mais, ele se dê conta da distração. E é o que ocorre. Murmura um *nom de Dieu* e volta sobre seus passos. Acabamos rindo do episódio.

O *maître*, que Pierre também conhece, aproxima-se e nos conduz amavelmente à mesa. Estamos ainda mais próximos da janela, quase debruçados sobre o rio e os jardins do hotel.

— Está sendo muito difícil? — pergunto quando nos sentamos.

— Não, o pior já passou — ele diz, em paz consigo mesmo. — Fiquei no fundo chocado. Foram tantos anos de convívio...

Indaga se meus pais estão vivos.

— Só minha mãe — respondo. — Meu pai faleceu em 93.

Escolhemos nossos pratos com aplicação. Se alguma coisa aprendemos na vida, é valorizar cada refeição. Pode ser a última... Pierre, por força da profissão, conhece o assunto a fundo. Dá prazer vê-lo trocando idéias com o *maître* sobre o menu. Como anfitrião, cabe a mim selecionar os vinhos. Fico contente pela oportunidade de retribuir seus convites. No hotel de Sumai, que administra, meu companheiro não me deixara pagar a conta de nossos jantares.

— No caminho para cá, vi dois elefantes em plena cidade... — digo a certa altura. — É incrível que eles ainda circulem pelas ruelas estreitas, entre carros e motocicletas, acompanhados de um único guia, ou até de um menino. Você não acha? Ninguém repara, é tão natural... De onde virão e para onde irão?

— Fiz essa pergunta certa vez a um amigo — ele comenta —, ninguém parece saber. Eles surgem quando menos se espera, dobram uma esquina e desaparecem. É mesmo estranho.

Pierre conhece bem Kublai. Quer saber se estou gostando da cidade. Trocamos algumas opiniões sobre as mudanças ocorridas nos centros urbanos, deste e de outros países. Menciono a tristeza que notei aqui entre os mais velhos, quando se fala das transformações impostas pelo progresso.

— *Progresso...* — ele ri.

— Pois é. Vi um anúncio, outro dia, de uma agência de viagens: *Visite Xangai antes que ela acabe*.

— Xangai... — ele deixa escapar. — As torres e edifícios mirabolantes vieram mesmo para ficar. Pobre cidade... Era uma pérola no Extremo Oriente. Uma praga, esse crescimento desordenado.

Após uma pausa, pergunta:

— E Natália, que notícias tem dela?

Em Sumai, quatro anos antes, Pierre e Natália haviam conversado bastante, enquanto Fernande e eu trocávamos impressões sobre nossos autores favoritos, descobrindo que não apenas havíamos compartilhado o mesmo amor por certos livros, como visto os mesmos filmes — e escutado as mesmas canções, de Piaf a George Brassens.

— Ela vai bem. Voltou a morar no Rio, onde abriu uma galeria de fotografia. Participou de duas coletivas no ano passado. Em alguns meses mais, se não houver imprevistos, deverá fazer uma exposição individual em São Paulo.

— Teria gostado de conhecer o trabalho dela.

— Quando desfizemos o apartamento e nos separamos, antes de minha partida, ela levou todas as fotografias.

As chaves pousadas sobre a mesa da entrada. A porta de saída fechando-se atrás dela...

— Prometeu-me dar cópias depois. Quando eu passasse pelo Brasil em férias. Vou cobrar.

— Se possível, traga uma para mim. Pode ser pequena, sem moldura mesmo. Gostaria de ter uma lembrança dela.

A comida é servida, nossa conversa prossegue em círculos. Não sei bem onde vamos chegar, provavelmente a lugar algum. Sinto falta de Fernande e de Natália. Sem elas, somos como sombras perdidas. Dois velhos elefantes, digerindo memórias em um restaurante cinco estrelas, no mais remoto ponto do planeta...

10

— Meu pai, eu perdi na guerra — diz Pierre quando a comida é servida, como se sua simples presença lhe trouxesse forças para enfrentar um assunto delicado.

Dá uma primeira garfada, o olhar perdido nas nuvens.

— Eu devia ter uns três anos.

— Muito jovem para perder um pai — comento.

— Muito jovem para quase tudo... — ele sorri, passando-me o pão. — Este meu *magret de canard* está mesmo ótimo. E, pelo aroma, seu prato não parece ter ficado atrás.

É verdade, confirmo, após provar minha *selle d'agneau rôti*, acompanhada de estupendas *pommes de terre dauphinoise*. O segredo do prato, como sempre, estava no molho.

— À sua saúde... — digo.

— À sua.

Educadíssimo que é, ele reitera seus agradecimentos pelo convite. Depois, nossas taças erguidas, também brindamos a Fernande, agora promovida à cabeceira da mesa.

— Ele foi denunciado por um vizinho, com quem vinha, havia anos, alimentando uma briga surda por uma questão de terras. Naquela época vivíamos em uma pequena fazenda, a rigor um sítio, que ele herdara dos pais.

— Na Normandia?

— É... Nas vizinhanças de Honfleur. Você conhece a região?

— Sim, estive em Honfleur e, também, no Havre. Deve fazer uns trinta anos... Na realidade, queria mesmo era visitar Etretat. Por causa de Arsène Lupin...

— Nosso velho Lupin... — ele ri.

Em garoto, eu devorara a obra de Maurice Leblanc e decidira visitar Etretat, para ver *in loco* os cenários das aventuras de Arsène Lupin, um dos heróis de minha infância. São escarpas de rara beleza, pontilhadas de verdura (*um oceano de verdura*, escrevera Stendhal) por onde circulava meu ladrão favorito, sempre dois passos à frente da polícia.

— No campo, as coisas não mudaram muito de lá para cá — ele diz.

O *maître* faz uma escala em nossa mesa. Indaga se está tudo bem.

— Em sua juventude, bem antes da guerra, meu pai exercera certa liderança entre os estivadores no porto do

Havre. O vizinho valeu-se dessa informação para dizer que ele era um agitador comunista.

Ri, piscando olhos cúmplices para mim, como se me convidasse a corroborar o absurdo da acusação.

— Um *perigoso* agitador comunista... — frisa. — Os alemães, quando receberam a denúncia e verificaram o passado de sindicalista de papai, não tiveram dúvida. *Imagine, seu pobre pai, agitador comunista!*, desabafara minha mãe, na única vez em que, anos depois, se permitira comentar o assunto comigo.

Olha com afeto para a sacola. Um raio de sol bate sobre ela.

— O fato é que o mandaram para um campo de concentração, de onde não voltou.

— Coitada de sua mãe. Como não terá sofrido...

— Ela ainda era muito jovem, tinha a energia dos camponeses da região. Cansou de bater às portas das prisões, do Havre e de Honfleur. Provavelmente muito depois dele já ter sido mandado para a Alemanha.

Fico feliz ao ver meu companheiro, apesar de tudo, comer com um excelente apetite. Uma coisa não impede a outra, constato. O pai no campo de concentração, o pato cozido à perfeição, a mãe na sacola.

— Ela ia de nossa propriedade até essas duas cidades, pedalando na ida e na volta, uma média de três horas por dia, muitas vezes debaixo de chuva, e isso por semanas a fio, sempre comigo na garupa, agarrado a sua cintura. Uma vez dormimos nos fundos de um restaurante, porque era tarde demais para enfrentar a estrada de volta. Comemos pão e salame à luz de vela.

Aqui, um longo gole de vinho.

— Recordo-me bem desses tempos, apesar de muito menino. A bicicleta, o vento frio, a sensação de que algo estava errado, mas que a paisagem era bela mesmo assim. Para mim, essas viagens eram uma aventura.

Primeiras lembranças, resgatadas do passado... Penso nas minhas. Os cachos louros de uma aeromoça em um vôo da Braniff, entre o Chile e o Brasil. Outro tipo de garupa, a minha. Mais confortável e protegida. Mas que também havia sido um acontecimento, a sua maneira. E por que não? Exceto pelos mais pobres, que de cara lutam por sua sobrevivência, não constituirá a infância a mais fascinante das aventuras?

— E o vizinho?

— Fuzilado. Quase um ano após o fim da guerra. A denúncia contra meu pai não havia sido sua única patifaria. Minha mãe só soube da execução bem depois. Na pia da cozinha, ela descascava uma cebola.

Elogia o vinho. Balança o copo, que ergue contra a luz. Um rubi, nosso velho borgonha. Brilha ao sol e aquece nossas entranhas. Penso nesse vizinho, colado ao muro diante do pelotão de fuzilamento. Teriam as balas perfurado suas entranhas?

— A França acertava contas com o passado — ele diz. — Muitas delas permanecem até hoje pendentes.

— Os países estão sempre em falta com seu passado — comento por meu lado. — Não há resgate que chegue. As culpas acumuladas excedem nossa capacidade de lidar com elas.

Olha para mim. Sinaliza sua concordância com a cabeça. E regressa à cozinha de sua infância.

— Mamãe descascava a cebola quando sua melhor amiga deu a notícia. Eu já tinha uns seis anos, recordo-me bem da cena. Mamãe parou de repente, imóvel como uma estátua. Em seguida relaxou o corpo e cortou sua cebola em minuciosos pedacinhos. E não pronunciou uma única palavra. Lançou um rápido olhar em minha direção. Eu baixei a cabeça e continuei a fazer meus deveres, deitado no chão. Assunto encerrado.

Cinzas de heróis e bandidos, amontoadas, misturadas, perdidas na poeira do tempo.

— Mesmo porque, àquela altura, já nem morávamos mais na fazenda, que ficara com um tio meu, melhor habilitado que nós para cuidar dela. Fomos viver em La Rivière Saint Sauveur, um vilarejo que fica a uns três quilômetros de Honfleur, no qual, excetuados seus últimos vinte anos, mamãe passaria o resto da vida. E de onde, um belo dia, eu saí para correr o mundo.

— Foi nessa fase que você conheceu o Brasil?

— Não, nessa época decidi ser marinheiro. Comecei enfrentando os mares em um barco de pesca, mas logo embarquei em um cargueiro. Acabou não dando certo. Não, estive no Brasil bem mais adiante, no final dos anos sessenta. Trabalhei no Méridien, o do Rio de Janeiro.

— Veja só! — exclamo. — Morei no Leme, a três quadras desse hotel. O Méridien demarca a fronteira com Copacabana. O velho Leme...

Em cujo mar, um dia... Olho para a sacola e pergunto:

— Fernande conheceu o Rio?

Estranho, chamá-la pelo prenome, tornando-a, assim, mais presente em nossa mesa. Uma intimidade meio forçada, essa minha. Mas é com naturalidade que ele responde:

— Não, ela só passou a morar comigo mais tarde, quando a idade começou a pesar. De uns vinte anos para cá. A essa altura, eu já estava em Bali. Fui dono de um pequeno hotel por lá, antes de aceitar essa posição em Sumai. Muito agitada a Indonésia, para meu gosto, mesmo em Bali. E olhe que isso foi bem antes dos terroristas mandarem aquela boate pelos ares.

— Duzentos e tantos mortos, não? — indago.

— É, duzentos e tantos... — ele confirma.

Comento então com Pierre, a troco de nada, que vinha escrevendo um livro. A mudança de assunto o leva a se concentrar na salada, até ali intocada.

— Um livro? Sobre o quê? Um livro de memórias?

— Talvez. Mas não necessariamente as minhas...

Ele ri da brincadeira. Mas não sabe muito bem como reagir à idéia. Não fossem as circunstâncias, diria até que está meio desconfiado.

— Não deve ser fácil... — comenta, acrescentando um pouco de azeite e vinagre às folhas de alface.

— Fácil ou difícil, não sei. Digamos que galopo entre meus personagens. Nunca sei qual deles vai tomar a dianteira. Sei apenas que correm soltos.

Ele não reage. Não parece ter registrado o que eu disse. Tanto que bate na mesma tecla:

— Deve ser difícil.

— Talvez. Os livros, de toda forma, têm vida própria. E as impressões digitais do autor devem permanecer invisíveis.

— Invisíveis...? — ele interrompe. — Mas e o estilo? Sem estilo...

— Invisíveis. Mas *perceptíveis*. É a fronteira que busco.

— Ainda assim... — ele hesita.

Parece buscar algo, perdido no fundo de sua memória. Algo que lhe permita melhor ilustrar o pensamento. Regressa com uma pedra preciosa:

— Mamãe sempre citava uma frase de Flaubert, para sua amante, Louise Colet.

Acho que conheço a frase a que se refere, pois li trechos da correspondência dos dois. Mantenho, porém, o silêncio. Convém ouvi-la de sua boca. Aguardamos, Fernande e eu.

— Ele dizia que desejava "*escrever um livro sobre nada*", cuja unidade se devesse unicamente "*à força interna de seu estilo*".

Um desafio e tanto — e Pierre sabe disso. Tanto que é rindo, entre duas garfadas de sua salada, que me pergunta:

— E você, que tipo de livro gostaria de escrever?

Não é pergunta que se faça... Ou que eu me tenha feito, antes de enveredar por um texto adentro. Lido com palavras e frases, não com preocupações dessa natureza.

Por outro lado...

— Não sei... — respondo finalmente. — Talvez um livro que desse uma volta sobre si mesmo e voltasse ao ponto de partida transfigurado. E que, nesse processo, oscilasse entre o trágico e o cômico, sem excessos.

— Uma receita digna de um *chef*... — ele brinca, sem deixar de comer.

— Uma roda gigante, mas que girasse em uma paisagem diferente a cada volta. As tragédias no fundo tendem para a melancolia. E a leveza para o patético.

Sua salada chegou ao fim. A minha não:

— Um livro, de toda forma, que não perdesse, nas duas pontas, uma dose essencial de...

— ... de?... — ele indaga, vendo-me hesitar.

Risco supremo:

— ...poesia.

11

— Flaubert era o escritor predileto de sua mãe, não?

— Era.

Chegamos à sobremesa. Olho em volta para o restaurante quase vazio, de modo a descobrir se posso pedir um cinzeiro ao *maître* impunemente. Um almoço desses requererá, em breve, um bom cigarro. Pierre, que nunca conversara comigo de literatura, teria, como a mãe, a paixão dos livros?

— Sim, para ela o romance moderno principiara com *Madame Bovary*.

Sem constituir uma novidade, a frase é animadora. Não é à toa que meu amigo descende de uma professora de língua e literatura francesa. Desde muito jovem, bebera na mais preciosa das fontes. Não era surpreendente que dela tivesse fugido para correr o mundo. Órfão de pai desde os três anos, convivendo com Flaubert e a mãe em casa — o jeito havia sido desaparecer no mar.

— Trinta anos, se tanto, separam o nascimento de minha mãe da morte de Flaubert — lembra, permitindo-se aqui, com o dado cronológico, um ligeiro desvio em seu percurso.

Agora que enveredamos por esse caminho, não posso abandoná-lo à própria sorte. Mas é com extremo cuidado que abro uma segunda janela em nossa conversa:

— *Como Cézanne na pintura...* — murmuro sem completar o pensamento.

— Como Cézanne?... — ele indaga surpreso.

— Sua mãe me disse, em Sumai, em minha primeira visita...

— ...com Natália...

— ...sim, com Natália...

Nosso quarteto ressurge intacto. Fernande em sua cabeceira, Natália em nossa memória. Coisas sérias estão para acontecer em nossa mesa. Sob o olhar atento de ambas, prossigo:

— ...ela comentou que Proust e Joyce tinham nascido de uma costela de Flaubert. E completou: *como Cézanne, na pintura, anunciara Picasso e Braque.*

Ele pensa por um instante. Mexe-se no assento. Terá lido esses autores? Conhecerá a fundo a obra dos pintores? Parece despertar de um longo sono. Seu olhar ganha um brilho especial, quando diz:

— E pensar que os dois foram contemporâneos, Cézanne e Flaubert.

De fato... Teriam seus caminhos cruzado? É possível que sim, já nem me lembro. Mas, por associação, penso no único encontro de Proust com Joyce, em um jantar organizado por um rico admirador de ambos, no hotel Majestic de Paris, do qual haviam também participado Picasso, Diaghilev e Stravinsky — cujo balé *Le Renard* estreara naquela noite. Os dois escritores quase não se haviam falado. Joyce explicara mais adiante (e sua frase rodara o mundo das letras): "*É natural, meu dia acabava, o dele mal começava...*".

Esse tema me interessa, o dos encontros e convergências, que duram apenas duas ou três horas, em um milagroso espaço físico, e que depois desaparecem, quase sem deixar vestígios, daí permanecendo submersos por uma ou duas gerações, até serem desenterrados, em um paciente trabalho de arqueologia sentimental.

Introduzo uma nova idéia em nossa conversa:

— Sempre penso que o cinema nasceu com Flaubert, duas ou três décadas antes de sua invenção.

Pierre terminou suas frutas e recoloca os talheres no prato.

— O cinema? — indaga, limpando a boca no guardanapo.

O tom, surpreso, é de quem não deseja se afastar de uma trilha mal descoberta. Ou redescoberta. *O que teria o cinema a ver com nossa conversa?*, parece pensar.

— É, o cinema. Você leu A *educação sentimental*?

— Li. Mas há muito tempo.

— Quando Frédéric perambula pelo Quartier Latin, inteiramente tomado por sua paixão por Marie Arnoux, dá para sentir a presença da câmara. Um crítico do *New York Times* chamou minha atenção para isso em um artigo, publicado tempos atrás. Uma câmara na mão, eu diria até...

Para meu prazer, Pierre projeta a cena a nossa frente e, por alguns instantes, bailamos ao som de Flaubert:

— *Os cafés desertos, devido às férias dos estudantes, a mulher bocejando por detrás de um balcão vazio...*

— *...os jornais, não lidos, dobrados sobre as mesas, as roupas balançando ao vento..*

— *...o martelo do sapateiro na sola de couro...*

— *...os livros expostos ao ar livre nas calçadas...*

— *...o bater de asas dos pássaros em suas gaiolas...*

— *...um ônibus que de repente passa e faz Frédéric se voltar para trás...*

— Cinema... — Pierre concorda por fim.

— É... Scott Fitzgerald retomaria, a sua maneira, o mesmo filme, muitos anos depois, em *The Last Tycoon*, por sinal um livro inspirado em um grande produtor de Hollywood, o maior de todos.

— Os ciclos se abrem e se fecham, não? — ele arrisca.

— E outros dão seqüência ao processo.

— Só que hoje...

— É verdade.

Hoje... Acendo um cigarro. Só fumando dois maços.

— O curioso — retomo depois de alguns instantes — é que Flaubert, em 1864, já dizia que a beleza era "incompatível com a vida moderna". Imagina se vivesse em nossos dias...

A nossa talvez não fosse uma conversa à altura da memória de Fernande, cujas cinzas possivelmente dessem de ombros em sua urna. Mas, quem sabe, estivesse em sintonia com os elefantes que vagavam pelas ruelas de Kublai, sem nada revelarem de seus segredos.

12

Recebo um e-mail de minha irmã. Ela é professora universitária em Boston, mas escreve do Rio de Janeiro: a saúde de nossa mãe *inspira cuidados*. O itálico é dela, como se a fórmula batida buscasse acolchoar os fatos. Desejaria me proteger contra uma má notícia?

Mas não há como encobrir a verdade: o caso é grave. O diagnóstico médico sobre o mal que aflige mamãe somente foi obtido após a realização de uma batelada de exames clínicos. Justapõe um termo por mim desconhecido, *polimialgia*, a um adjetivo familiar, *reumática* — duas palavras que não parecem combinar. Talvez porque, no lugar de baterem em meus ouvidos (e cederem espaço a um silêncio apreensivo), permaneçam imóveis no meio do texto, fixas em minha tela como estrelas sem brilho, desafiando minha compreensão: *polimialgia reumática...*

Penso em Pierre. Depois de tantas décadas de convívio, estarei prestes, eu também, a lidar com o mesmo desafio? A *idade avançada de pessoas queridas*, ele dissera em nosso almoço, *não tinha relação com o receio de perdê-las*. E ainda acrescentara: *ao contrário*.

Após ler e reler a mensagem congelada a minha frente, consulto a internet — para afastar a ansiedade que me domina. Perco-me em um labirinto de expressões desconhecidas e opiniões desencontradas. Para minha surpresa, a doença vem sendo discutida e analisada há pelo menos vinte anos. Mas os médicos, seja no Brasil, seja nos Estados Unidos ou na Europa, não são unânimes sobre a melhor maneira de tratá-la. Como no caso de papai, na época de sua Alzheimer, minha mãe também caiu em uma área cinzenta: os especialistas tateiam em busca de soluções.

A origem de seu mal é física, mas os efeitos também incidem sobre a esfera psiquiátrica — em conseqüência dos remédios pesados. Assim como veio, a doença, por vezes, passa. Em sua idade, contudo, não há como saber. Dada a anemia, o coração pode desistir, por puro cansaço. Caso o cérebro teime em lutar — e sair da neblina na qual se encontra imerso —, a mente pode não resistir. No hospital onde se internara por três dias, mamãe dissera:

— *Tudo escorrega na minha cabeça, não consigo mais segurar meus pensamentos. Tenho apenas um fio de memória...*

Queixas que meu pai também tivera, ele que chegara a um fim semelhante por outras vias. Todos os caminhos levariam ao mesmo desamparo? Seria essa a trilha que se abriria diante de mim em alguns anos mais? Não tanto por força da genética, mas por uma ironia do destino?

Telefono para meu irmão. Ele é arquiteto e, no momento, mora em Berlim. Na realidade, foi ele quem socorreu mamãe em sua primeira crise. Mais adiante, ao regressar à Alemanha, consultara diversos especialistas. Pelo que entendo do que me diz ao telefone, o tratamento se equilibra sobre um fio de navalha: antidepressivos, de um lado; cortisona, de outro. O problema reside nos índices que o organismo dela consegue absorver, sem levá-la a perder a razão de vez.

Ele lembra que nossa irmã não poderá permanecer no Rio de Janeiro por muito tempo, pois necessita dar as provas do semestre em sua universidade. Pergunta se posso deixar Kublai e passar um mês no Rio. Alega que, no momento, ele próprio não tem como deixar Berlim. Oferece-se para, mais adiante, tomar meu lugar e cobrir a etapa seguinte. Menciona o esquema de acompanhantes que está sendo montado, fala dos remédios e da rotina de exames médicos. Ele tem razão, um de nós precisa coordenar essa operação, zelando, também, pelo funcionamento da casa — e dando a nossa mãe o amparo afetivo de que necessita.

Em questão de dias, tomo o avião e faço a mais longa das viagens, de modo a ainda alcançar minha irmã no Rio. Vou pela África do Sul, dobrando, do ar que seja, o Cabo da

Boa Esperança: Kublai, Kuala Lumpur, Joanesburgo, São Paulo, Rio. São trinta e quatro horas, de porta a porta. Apesar disso, aterrisso no Leme inteiro. (A cabeça é que tardará mais dois dias para chegar.) E a mala não se perdeu no caminho, o que também ajuda.

Meus personagens viajaram comigo, sem o que minha vida ficaria difícil. Como na época em que meu pai mergulhara em sua doença, é amparado por eles que enfrentarei as dificuldades que me aguardam. Dou muito de mim em meus livros, mas não há como minimizar a importância do que recebo em troca. Sou extremamente grato a meus personagens. Todos zelarão por mim, cada qual a sua maneira. Quanto mais não seja, fazendo-me visitas periódicas.

Mamãe dorme, quando chego em casa. *A noite foi meio complicada*, diz minha irmã falando baixinho, depois de me abraçar. *As crises de ansiedade vêm-se fazendo raras, mas ainda ocorrem*, acrescenta, enquanto dependuro as roupas no armário do quarto de minha infância e instalo na estante o manuscrito com meus companheiros. Sei que, nos próximos trinta dias, meu texto receberá inúmeras emendas e rasuras, de todas as cores e formatos, transformando as páginas em uma sucessão de telas abstratas.

— Meu filho... Você... fez boa viagem... *meu filho*?

Estou sentado em sua cabeceira. A voz é trêmula e arfante, carregada de emoção. Mas o olhar, emoldurado por um rosto recoberto de veias, permanece atento, ainda que modulado por uma ternura nova, banhada em tristezas provenientes do cansaço e desencanto. É toda uma vida que começa a se despedir, destacando-se aos poucos da paisagem.

— Você vai sair dessa, mamãe... — prometo, indo direto ao assunto. — Fica tranqüila.

Ela sorri com infinito desânimo. Descobrirei, com o passar dos dias, que sua melancolia tem um pé em uma frustração específica: sente-se impotente para convencer o mundo de que *não pode melhorar*, pois sequer sabe o que tem, *ou onde está*. Tanto que, sem transição, sua voz ganha velocidade. As palavras têm pressa. Mas pesam, como se ela tivesse de carregá-las, uma a uma, ou em pequenos grupos de duas ou três, desde algum recanto perdido de sua mente até os lábios:

— Meu... filho... eu não... eu-não-tenho-mais-forças.

Esse *forças*, quase gritado, foi expelido boca afora. Seguindo o conselho de meus irmãos, bato na tecla da paciência, insisto na necessidade de confiar nos médicos, evoco casos de curas ocorridas na família de conhecidos, mas esse amontoado de palavras resvala sobre ela. A mão apertada na minha, porém, é firme. A mente pode desejar fazer as malas, mas o corpo permanece atracado ao meu — e, por extensão, à vida.

Mais adiante, na sala, percorro com os olhos as paredes do antigo apartamento, indo dos quadros e retratos aos livros de lombadas quase ilegíveis. Estamos no sétimo andar do edifício Talagarsa, nosso pouso constante e seguro desde

1950, quando nossa rua ainda se chamava Araújo Gondim, e nela existiam apenas dois prédios, o nosso e outro, rosado. Prédios cujas sombras, em poucos anos, recobririam casas e jardins vizinhos, abrindo espaço para a sucessão de edifícios que hoje dominam a rua. Não importa, restaram as árvores — e a velha igreja dos dominicanos.

Estivemos entre os primeiros moradores do Talagarsa. Ali fiz seis anos e ganhei minha primeira bicicleta, com seu par de rodinhas extras para assegurar o equilíbrio precário. É dessas rodinhas de que vou necessitar agora.

13

Compro, na papelaria do bairro, um dominó para jogar com minha mãe. Ocorreu-me tentar resgatar sua mente do vácuo em que se encontra — através do lúdico. Seus olhos brilham quando abro a caixa e coloco as pedras sobre a mesa.

— Que bonitiiinho... — ela diz com alegria.

Mais do que carinho, o "i" acentuado traduz o prazer com que acolhe a novidade — um bom sinal. E ela está mesmo encantada. Por meu lado, busco em vão instruções na caixa, pois já não me recordo quantas pedras devo distribuir, nem como começar. Nossa cozinheira ajuda, dando-me orientações precisas. Coloco um duplo seis na mesa e deixo minha mãe meditar sobre o destino de suas sete peças. Depois de examiná-las por um bom tempo, deita-as voltadas para cima contra a toalha, e se debruça sobre elas:

— O que é que eu faço agora, meu filho? — indaga.

Explico os rudimentos do jogo, seu objetivo principal, seus caprichos, e aguardo que ela prossiga. A mão trêmula cata a pedra certa e a encosta no duplo seis. Começamos então a construir nosso labirinto. Procuro colocar minhas peças em linha reta, planejando, mais adiante, fazer um grande quadrado, mas ela logo bifurca e desenha um ziguezague pela toalha. Quando se vê sem o número necessário, soa o alarme:

— Iiihhh, meu filho...

— Pesca, mamãe, pesca... — recomendo com naturalidade.

Ela recolhe uma pedra. Depois outra, e outra.

— Assim vou ficar entalada.

— Mas a graça do jogo é essa... — digo

— Para você talvez, meu filho. Para você.

Mas ri. Está se divertindo. De tão ocupada, não percebe que reviro furtivamente as peças ainda intocadas, de modo a dirigir as que interessam para a proximidade de suas mãos. O resultado acaba se fazendo sentir:

— Estou por uma! — exclama.

E logo a seguir:

— Ganhei! — grita. — Ganhei, meu filho!

Deixa-se dominar pelo entusiasmo de antigamente. A sua é uma alegria de criança, cheia de surpresas e encantamentos. Mas criança alguma sabe o que realmente significa vencer. (E ainda bem...) Minha mãe sabe:

— Que bonitiiinho...

E é com os olhos brilhando que sugere:

— Vamos jogar outra?

Logo verifico que sua concentração mal ultrapassa o limite de três partidas. Abro então, diante de seus olhos atentos, um baralho. Retiro os quatro ases, que coloco de lado sobre a toalha, de modo a facilitar as coisas — e sugiro:

— Vamos jogar paciência?

Ela faz que sim com a cabeça, torcendo as mãos, cheia de expectativas. Logo vejo que esse jogo representa a metáfora perfeita para o desafio maior que nos cabe vencer.

— Iiiihhh, essa está perigando... — ela diz, observando a distribuição das cartas.

Luta contra um valete de paus. Suas unhas, cortadas rentes, não permitem que recolha a carta com facilidade.

— Que desgraça, esse valete... — resmunga, como se a figura estática, de perfil para nós, resistisse a seus esforços.

Desliza então a carta até a beirada da mesa, antes de colocá-la sob a dama errada.

— Preto no vermelho — relembro — e vermelho no preto.

E ela vai progredindo devagarzinho, beneficiada pela sorte aqui, por mim acolá. Cada carta aberta, e realocada corretamente, sinaliza um progresso. A retirada prévia dos quatro ases ajuda mais do que eu imaginara.

— Fizemos! — ela exclama batendo palmas — ...fizemos!

E novamente, dessa vez no tom de quem venceu uma relevante batalha — mas ainda não tem condições de alardear o triunfo aos quatro ventos:

— Que bonitiiinho...

Sua fala, irei confirmando a cada dia que passa, é cheia de diminutivos. Talvez seja sua maneira de externar uma ternura que, no fundo, sente por si própria. Imaginando-se prestes a se despedir da vida, ela se abraça e, com isso, se consola.

14

Mas nem tudo é leve em sua saga. Há também momentos pesados, enormes precipícios em que por vezes cai sem apelações (pois que a tomam de surpresa), e de onde somente reemerge a duras penas. Quando a vejo segurar as têmporas com as duas mãos, balançando a cabeça de um lado a outro em sinal de desespero, sigo o conselho de meus irmãos e mudo de cenário: faço-a caminhar pelo bairro comigo.

O passeio permite que ela trabalhe o corpo fragilizado, apoiando-se no meu braço e em uma bengala. E lá vamos nós, pé ante pé, de olho nas irregularidades do solo em que pisamos, atentos aos desníveis e buracos, que logo aprendo a identificar, subindo e descendo lombadas de alturas variáveis (mas que, em seu conjunto, não ultrapassam vinte centímetros), evitando as bolas das crianças e os cocôs dos cachorros, cruzando ruas de onde surgem bicicletas na contramão, mas nas quais os carros sempre freiam a certa distância, pois os motoristas também têm mãe — e todos sabem o quanto é heróica nossa caminhada.

Como os desbravadores dos mares de outras eras, que registravam em seus mapas rudimentares, a cada viagem, as ilhas e os acidentes geográficos percorridos por suas naves, também ela conserva na memória a localização exata de cada porto seguro a que possa recorrer nesse trajeto, ou seja, de todos os bancos existentes no calçadão. Nem sempre chega a se sentar, mas jamais passa por um sem erguer sua bengala na direção do próximo. Fixada a rota, seguimos viagem, cercados de pombos por todos os lados.

Nessa aventura em busca de novos horizontes, ela também conta com uma banca de jornais, onde sua presença é sempre festejada (e na qual pode, em uma emergência, encontrar abrigo), e com o Sindicato do Chopp da avenida Atlântica, cujos garçons, ainda em manga de camisa (pois esses passeios ocorrem pela manhã), a recebem abrindo espaço entre mesas e cadeiras amontoadas. Igualmente importante, se alguma tempestade surpreende nossa frota em plena rota — ou seja, se uma garoa fina começa a cair —, é o ponto de táxi próximo à Pedra do Leme, cujos motoristas a reconduzem de volta ao Talagarsa, em troca de uns poucos reais.

Quando chove de verdade, porém, ela permanece dentro de casa. Embora pequeno, o apartamento é bem distribuído. Circula então com sua bengala, produzindo um *toc-toc-toc* no sinteco, de onde todos os tapetes foram retirados, acompanhada de perto por mim ou pela cozinheira (conhecem-se há muitos anos e são amigas), indo da sala de estar para a varanda coberta, de onde segue para um dos quartos, daí regressando pelo corredor rumo à copa e à área de serviço, fechando assim o círculo de volta à sala, sempre em pequenos passos, que contabiliza pela centena ("*duzentos, meu filho, estou na mercearia, trezentos, cheguei ao Leme Palace*"), parando, por fim, no sofá, onde respira aliviada, já de olho nas manchetes dos jornais, ou no primeiro parágrafo de alguma crônica, que sempre põe de lado com um suspiro:

— Como andam escrevendo mal essas nossas unanimidades nacionais, meu filho. Coitados, precisam ganhar a vida... Um inferno, escrever para jornais...

O esforço para manter um contato, mínimo que seja, com as palavras, leva-me a sugerir que nos aventuremos a trabalhar um conto juntos. Ela entende do assunto: ao longo da vida, publicou três livros de contos e poesias.

— Um conto, meu filho? — indaga interessada. — Você tem certeza?

Proponho que nos inspiremos em nossas caminhadas no calçadão e que nos limitemos a frases curtas, usando cores distintas. Uma para ela, outra para mim.

Ela lança um olhar desconfiado para as quatro canetas que coloco a sua disposição sobre a toalha: vermelha, negra, azul e verde. Depois de hesitar um pouco, examina as inscrições na lateral de cada uma, confere as pontas de feltro, coloca e retira suas tampas — até que empunha a vermelha. Por meu lado, seleciono a azul.

O Sindicato do Chopp estava vazio quando chegamos, sugiro a título de abertura. Ela examina minha frase, como se necessitasse dar um parecer sobre uma matéria complexa e controvertida. Por fim suspira, um ar de reprovação estampado na face:

— Mas é claro que estava *vazio* — reclama —, de manhã não tem ninguém por lá.

— Eu sei, mamãe. Mas escreve. Isso, ou o que te passar pela cabeça.

O Sindicato do Chopp estava vazio quando chegamos. Os garçons limpavam a mesa com um pano sujo.

Relê o texto, não parece satisfeita. Balança a cabeça, um muxoxo nos lábios, e se debruça novamente sobre as palavras. Emenda com grande esforço: *Os garçons limpavam as mesas com seus panos sujos.* Cumprida a primeira tarefa, olha-me com satisfação. Sua frase está meio borrada e cheia de rasuras, mas representa um inegável triunfo. É cedo, contudo, para cumprimentá-la. Agrego uma variável a nossa saga:

Foi quando o casal entrou.

Ela ri e alerta:

— Veja lá o que você vai fazer com esse casal!

— O que *vamos fazer*, mamãe... — replico, sério — o que *vamos fazer*.

— Eu cuido dos garçons — ela avisa —, você cuida do casal.

Trata-se de razoável divisão de tarefas. Sua letra, de início trêmula e indecisa, vai aos poucos conquistando certa firmeza. Quando chegamos ao pé da terceira página nossos personagens já brigaram e fizeram as pazes ("*onde se viu beber cerveja a essa hora??*" — bradara um dos garçons, para total perplexidade do casal), mas mamãe está visivelmente cansada.

— Chega, meu filho, não agüento mais esses chatos!

— Mas mamãe, eles até que são simpáticos, um dos garçons tinha futuro, e fico achando que...

— Qual deles, o Emílio? — pergunta.

— Emílio?

— Emílio Fagundes Silveira Neto.

— Vamos dar nomes à moça e ao rapaz também?

— Que moça? E que rapaz?

— O casal, mamãe.

— E quem disse que são *moços*? Têm, pelo menos, sua idade. São cinqüentões.

A idéia não me passara pela cabeça.

— Além do mais... são clandestinos. Não podem ter nome. É um casal *irregular*.

Pisca para mim, em sinal de cumplicidade.

— *Como*, irregular? — provoco, sem ceder ao jogo.

— Ela é viúva, mas ele é casado com *outra* mulher.

— Para mim pareciam jovens...

— Você viu mal. Nenhum casal *jovem* senta em um bar às dez horas da manhã. Isso é coisa de gente velha. Os dois não paravam de olhar para trás o tempo todo, além do mais.

Parece entender de casais suspeitos. A história ganhou novas dimensões, ainda que não constem do papel.

— Então precisamos registrar isso... — sugiro.

— Não precisa. Basta *ver*. É evidente.

— Mas mamãe, e os leitores? Como está não dá para...

— Que leitores? — interrompe indignada.

De fato, que leitores... Trata-se, aqui, de *nossa* história, passe-se ela no papel ou na cabeça de seus autores. A parte submersa revela-se mais interessante do que a ostensiva. E merece ser investigada:

— Como é que você descobriu que o casal é... irregular?

— Conheço o homem.

— Não diga... E quem é?

— Você também conhece. Não reparou?

— Não... Não estou... vendo.

— É meu médico. O Dr. Varela.

— Dr. Varela?

— Ele mesmo. Sempre desconfiei dele. Quando se instala nesse sofá não sai mais. E não pára de falar!

— Mas mamãe...

O olhar dela muda, de irreverente para inquieto — e logo aflito. Mal acompanho a transição, de tão veloz.

— Por favor, não comente com o Dr. Varela!

— O que, mamãe?

— Que nós descobrimos seu segredo. Ele pode ficar zangado. E me internar de vez.

— Pode ficar tranqüila, mamãe.

Tarde demais, ela já embarcou em suas tormentas. As mãos se juntam e é com os dedos entrelaçados que suplica gemendo:

— Ele é bem capaz de me internar!

— Isso só acontecerá se eu deixar.

— Promete? Jura? Pela cabeça de seus irmãos?

— Palavra de co-autor.

O alívio se traduz por um suspiro. Assim como veio, a tormenta se desfaz. Por enquanto, ao menos:

— Se me internar, conto tudo para a mulher dele... — ela diz.

15

Estou há três dias no Rio quando finalmente decido rever Natália. Opto por não telefonar e tomá-la de surpresa, conferindo à visita um ar casual. Sei onde fica a galeria que alugou em Ipanema, na Barão da Torre, não longe do apartamento onde se instalou depois de me deixar. Em certa época, havia um conhecido restaurante por lá, que costumávamos freqüentar. Peço ao motorista do táxi que me deixe um quarteirão antes e saio caminhando em passos lentos.

Complicado esse trajeto, logo descubro, bem mais difícil do que as travessias que faço com minha mãe — e não há bancos em parte alguma. Não faltam pombos, porém, e isso me tranqüiliza. Posso parar para contemplá-los, por alguns minutos que seja, sem atrair a atenção dos passantes. Aproximo-me assim da construção de dois andares, uma antiga casa reformada que tremula com a brisa na paisagem matinal. Na fachada do térreo, um janelão envidraçado, emoldurado por uma bela trepadeira, me aguarda. À medida que vou chegando, noto que, no interior, as paredes estão vazias.

Ao fundo da ampla sala, vejo a mesa — e uma mulher sentada. A cabeça baixa, ela parece ler ou escrever. Não chego a distinguir seus traços, pois a parte da galeria em que se encontra, sem ser sombria, não recebe a luz que banha a área de exposições, mais próxima à janela.

Mal assimilo a cena, um homem surge por trás da figura sentada e se detém um momento, como se desejasse conferir o que ela faz. Em seguida, sem maior aviso prévio, inclina-se sobre ela e beija sua nuca. Mais do que a cena, é sua economia e naturalidade que impressionam.

A cabeça que se ergue lentamente da mesa é familiar. Quero retê-la, antes que complete sua viagem, mas é tarde. A mulher volta-se para o homem e deposita um beijo em seus lábios. Em seguida, com uma ligeira revirada dos cabelos, concentra-se novamente em seu texto.

O beijo dado foi distraído, daqueles que supõem a existência de uma relação antiga, enraizada em terras férteis. Por dois segundos, Natália deixou suas palavras de lado e para elas regressou. Mas o percurso de seu corpo, que ondulou mais que se moveu, evoca um abandono meu conhecido. Um gesto suave na paisagem, se tanto, um risco na folha branca de minhas lembranças.

Passo direto pela galeria, desapareço do quarteirão em passos rápidos, como se tomasse de vez o rumo do exílio. Não são ciúmes que sinto. (Quem dera...) É algo bem pior, na fronteira entre o vazio e a tristeza. Por omissão ou estupidez, perdi a...

O que, exatamente...? A chance de minha vida? Em verdade, nem sei. E isso talvez seja mais doloroso. O foco de minha atenção volta-se para os passos de sonâmbulo que dou, ao me afastar. Não posso tropeçar. Seria um descalabro.

Meia quadra depois, tento controlar a respiração. Custo a perceber que esse é dos fôlegos que não se deixam recuperar de todo. Entro no botequim da primeira esquina e peço um café em voz alta. Fumo um cigarro, o coração batendo. Ao mesmo tempo, chupo uma balinha de hortelã. Sempre de pé no botequim, o olhar perdido na distância, transito lentamente da categoria de boneco para a de homem. Um homem em carne viva.

Uma babá passa pela calçada, empurrando, em seu carrinho, uma menina adormecida. Se essa criança soubesse o que ainda a aguarda na esquina... Um homem como eu. Infelizmente, somos maioria. Insinuantes, sedutores, bem-falantes — mas quase sempre ambivalentes ou acovardados.

Com um peteleco, atiro o cigarro na sarjeta e paro um táxi. Antes que cruze a calçada, porém, alguém bate em meu ombro. Volto-me para trás. É um antigo colega de ONU, um bom sujeito. Estou salvo. Dispenso o táxi com um gesto alegre.

— Você parece que viu um fantasma... — ele brinca. — Será que mudei tanto assim...?

Abraço o colega. E respiro fundo, feliz com sua presença. Ele parece intrigado com a dimensão de meu afeto, olha vagamente ao redor, como se buscasse a origem de um mistério. Afinal, nada de muito especial nos aproximara ao longo da vida. Não se dá conta de que, em dois segundos, foi promovido à condição de melhor amigo.

Falamos de nosso trabalho, eu em Kublai, ele em Atenas. Reencenamos, aqui, reencontros milenares, de viajantes separados pelo destino, de marinheiros que se revêem em portos distantes por mero acaso. O botequim, no qual meu colega parou para comprar as cervejas que alegrarão sua feijoada de sábado, equivale, assim, à taverna de outrora. Caminhamos, lado a lado, em direção à Lagoa.

Fico triste ao deixá-lo partir rumo a sua casa, após promessas mútuas de telefonemas que não virão. Mas o reencontro cumpriu sua função, a de me ensinar que o destino, apesar de todos os pesares, ainda está atento a mim, administrando a dose exata de castigos que meu organismo possa assimilar sem conseqüências graves. O beijo distraído, que já foi meu, em versões cheias de langor e indolência, pertence hoje a um estranho. Tomara que esse homem seja menos cego do que eu — e saiba valorizá-lo.

Tomara?

Regresso então ao Leme. Não é à toa que o nome do bairro de minha infância remete a uma mudança de rumos. *Leme*... E assim como Natália deixara em herança uma porta que ainda bate em minha memória, penso que preciso agora me despedir dela, à sombra dessa carícia da qual fui testemunha.

Mas ainda hesito: *será que preciso?*... O alvo do beijo havia sido outro, é bem verdade. No entanto, quem sabe ela pensasse em mim naquele exato instante?

Quem sabe?

16

Peço licença a minha mãe para incluir nosso conto em meu romance.

— Seu *romance*? — ela pergunta intrigada. — Nosso *conto*?

Falo sobre meu livro, em linhas muito gerais, de como venho navegando história adentro, explorando meandros e desvios, lidando com personagens reais ou imaginários, sem que consiga distingui-los com clareza, e até gostando dos espelhos — que lembram tantos outros.

É um risco calculado, esse que tomo, ao misturar realidade e ficção frente a seus olhos, como se estivesse preparando a salada de nosso almoço. Ela me escuta, imóvel no sofá. Não tenho como saber se viaja comigo. A rigor, de todo meu círculo de relações, apenas ela tem condições de me entender, dado o estado em que se encontra. Vive imersa em um mundo no qual meus personagens nascem, crescem e, por vezes, morrem. Ninguém se encontra mais *dentro* de minha história, ainda que tudo ignore de seus detalhes.

— Se você quer saber a verdade, meu filho — ela comenta depois de um momento —, acho que ele já está lá. Nosso conto. No seu romance.

É dela que vem o azeite de nossa salada. Aguardo que outras frases se sucedam a essa. Mas ela se cala. Deu seu recado. Cabe a mim digeri-lo.

Estamos sentados na sala, ouvindo música. Minha filha mais nova, que mora em São Paulo e veio passar uns dias com ela tempos atrás, rearrumou sua coleção de CDs clássicos por ordem alfabética, separando os autores mais conhecidos com cartolinas coloridas. Agora, para conseguir mudar a música, necessito recorrer a meus poderes de negociador — mamãe receia que eu desarrume tudo. Por isso, ouvimos o mesmo CD há dias.

Mas a frase sobre nosso conto, que ainda ecoa no ar, exige uma mudança, pelo menos na sonoplastia. Prometo então que agirei sob sua supervisão direta. Condição aceita, retiro do sistema de som um CD aliviado — e coloco a quinta de Beethoven.

— Meu filho... *Beethoven*? Tira isso, por favor... Beethoven é tão... tão...

Procura o termo que, sem ofender a memória do compositor, reflita seu desconforto:

— ... *intenso*! Prefiro Mozart.

O tempo vem passando lentamente desde que deixei Kublai. No Rio, tenho a sensação de viver realidades inteiramente distintas. Nada, é claro, que diga respeito aos cenários ou às pessoas, uma vez que uns e outros são, por natureza, diferentes. Não, as realidades divergem por outras causas, que mais têm a ver com nitidez. Deixo-me aos poucos envolver em situações cujos contornos mal vislumbro.

Minha mãe, por seu lado, contabiliza progressos — no sentido oposto: parece mais lúcida e focada. As caminhadas tornam-se mais longas, ela come com apetite suas porções minúsculas. E os remédios vêm cumprindo sua função. Minha idéia de introduzir jogos em seu universo também tem ajudado. No caso da paciência, cada carta aberta revela mais do que uma casa nova: é uma conquista, acolhida com reverência.

À noite, no quarto vizinho ao dela, continuo trabalhando meus personagens pela madrugada afora, no ensaio permanente que sempre fazemos antes de sua entrada definitiva em cena. Corto, aparo, recomeço, redefino um momento aqui, outro acolá, rasgo inúmeras folhas de papel, acrescento diálogos onde predominam insinuações, ou silencio quem fala demais. As personagens femininas reclamam se enveredo por um caminho que ameace descaracterizá-las, pois isso representaria uma traição. (Os masculinos se importam menos com esses deslizes, pois parece ser de sua natureza não reparar.)

Procuro não me afastar em excesso dos modelos originais que me inspiraram. Preciso poder reencontrá-los na rotina mais banal de meu dia-a-dia, sem sentir vertigem. Quanto mais não seja para recolher novas impressões, ouvir pequenas anedotas que melhor ajustem seus percursos a minha história. Para mim, o cordão umbilical entre fonte e texto, sem ser rígido, jamais pode ser rompido de todo.

Mamãe agora relê pela terceira ou quarta vez o jornal da véspera. Explica-me que só gosta de *notícias requentadas*. Diz que, nos dias que correm, são as únicas com as quais consegue lidar.

Valendo-me dos acordes finais da Sinfonia Júpiter, decido que posso voltar ao tema que me intriga:

— E então... nosso conto já está mesmo em meu livro? Com o Sindicato do Chopp e tudo?

O sorriso com que ela acolhe a indagação é meigo. Está satisfeita. Encorajado, prossigo com leveza:

— E como fica a questão dos direitos autorais? A metade do conto é sua e...

A pergunta foi infeliz e parece desorientá-la. Logo sinto que mamãe leva a brincadeira a sério. Franzindo as sobrancelhas, mede bem as palavras de sua resposta, como para injetar sinceridade no pouco que diz:

— Não sei... Não pensei nisso... — concede por fim.

Vejo então que o assunto a preocupa realmente. Ergue os olhos para mim:

— Você talvez pudesse conversar com seus irmãos? Eu...

Novas dúvidas e hesitações, novos conflitos. Onde é que fui me meter? Pior: em que dimensões a precipitei?

— ...eu não entendo *nada* de direitos autorais.

Está dominada pela tristeza. Só me resta retroceder às pressas e tentar, com a velocidade possível, mudar de rumo:

— Mas mamãe, eu estava brincando, imagina se eu...

— Não, meu filho — ela interrompe —, você *não* estava brincando.

Sem ser agressivo, o tom é firme, quase enfático.

— Não...? — indago, sem saber onde buscar ajuda.

— Não — ela responde.

É provavelmente a primeira vez, na História, que mãe e filho discutem questões dessa natureza, contra o fundo de acrobacias mentais desencontradas. O assunto requer uma solução imediata. A ajuda vem do céu: os sinos da igreja tocam.

— Que tal... — proponho — ...doá-los aos padres dominicanos?

Santa Igreja da Nossa Senhora do Rosário, santos sinos... Seis da tarde. Minha sugestão é recebida com entusiasmo:

— Mas que boa idéia, meu filho! — ela exclama.

E, em voz mais baixa:

— Peça a eles que, em troca, rezem uma missa por mim.

— Uma missa, mamãe?

— *Só para mim...* — ela especifica, os olhos cravados nos meus, sem se referir à natureza da missa. — Não quero saber de celebrações coletivas, que juntam desconhecidos. Quero uma só para mim.

O tom é categórico, não tenho como contemporizar:

— Para você... e os personagens de nosso conto... — arrisco então.

Com a emenda, nem fujo do assunto, nem lhe atribuo grande importância. Patinamos no gelo, ela e eu, com vendas nos olhos. É a primeira vez que o tema da morte vem à baila de maneira tão direta. E, se depender de mim, a última.

17

Os dias passaram, a data de minha partida se aproxima. Por meio de e-mails ocasionais, tenho contado a meus irmãos como andam as coisas no Leme. Essas mensagens serão úteis a meu irmão, a quem caberá me substituir em alguns dias mais. Incorporo ao texto os ensinamentos colhidos em minha passagem pelo Talagarsa: cortar em minúsculos pedaços a comida do almoço (precisei chamar uma ambulância em função de uma garfada mais imprudente), variar as sopas do jantar com alguma massa, levar uma toalha nas caminhadas pelo calçadão (para forrar os bancos, que estão frios ou úmidos nesse princípio de inverno), alternar as paciências com dominós para não cansá-la, evitar que fale ao telefone (pois fica exausta com as demonstrações de afeto de que é alvo), e todo um rosário de microconselhos ou informações sobre as acompanhantes noturnas e as rotinas da casa.

Para amenizar essas mensagens, também descrevo seu diálogo com o psiquiatra. Ela se queixara de que os dias eram muito longos. Estava especialmente trêmula nessa manhã, talvez pela ansiedade com que aguardara a visita do médico. Borrara os lábios, ao tentar colocar batom, um de seus últimos resquícios de vaidade.

— Falta segurança na minha cabeça... — reclamara em um tom agudo —, a segurança *do tempo*, que é muito longo... O jogo é muito duro, doutor!

Jogo duro...

A exemplo do que ocorrera com o clínico, ela pede ao psiquiatra, passado o desabafo, que não a interne. Recebida a garantia, exige outra promessa: que ele não a abandone.

O psiquiatra aprendeu, com o tempo, a gostar dela. É como amigo, mais do que médico, que acaricia sua mão e tenta acalmá-la:

— Mas a senhora não tem se distraído, não tem jogado com seu filho? Ouço falar de paciências, dominós...

— Eu jogo, doutor, eu jogo... — responde em uma voz cansada —, preciso distraí-lo, coitado. Meu filho está muito só.

O médico nem pestaneja. Por meu lado, mal controlo o espanto. Olho para ela, à espera de uma gargalhada que recoloque as coisas em seu lugar. Mas está mesmo convencida de que *me* distrai. Mais do que cômico ou trágico, há algo de temível nesse processo.

Nessa mesma manhã, recebo o telefonema de um de meus melhores amigos. Seus pais são igualmente idosos. Aceito com prazer o convite que me faz, para almoçar com eles em um restaurante do Posto 5, na véspera do dia das mães.

Comento o quadro de mamãe, em casa. Ele fala das atenções que seus próprios pais requerem. Trocamos impressões, na antecâmara de uma orfandade que sabemos próxima. Nesse papel de filhos, esquecemos, por um momento, que somos, os dois, já meio idosos. E que, cedo ou tarde, serão nossos filhos que terão essa mesma conversa.

— São nossos velhinhos... — ele conclui, antes de desligar.

Na data marcada, um sábado chuvoso, chego ao restaurante trazendo um ramo de flores nas mãos. Combinamos de nos encontrar uns dez minutos antes da chegada de seus pais e demais convidados, um grupo eclético de filhos, noras, netos e sobrinhos dos homenageados. Ele me recebe com um abraço. E responde à indagação silenciosa que faço, ao vê-lo munido de papel e lápis:

— É para meu pai. Ficou surdo. Só nos comunicamos por meio desse bloco.

Pela primeira vez, sinto falta de Kublai. Para sair dessa melancolia, vou ter mesmo de deixar o Rio. Enquanto estiver aqui, permanecerei imerso na velhice alheia. Por mais carinhoso que seja ao lidar com o assunto, o peso de tantas idades acumuladas começa a se fazer sentir, afetando, inclusive, o texto no qual trabalho de madrugada. Afinado com o percurso silencioso que faço, meu amigo indaga:

— Você está escrevendo?

Além de professor na PUC, ele publica ocasionais artigos na imprensa e é artista plástico bissexto. Está entre as pessoas mais talentosas que conheço. Mas, também, entre as mais discretas. Considera que sua melhor obra ainda é a estante de que dispõe em sua sala, na qual os livros se misturam a fotografias e objetos das mais variadas procedências, em uma ordem que ele muda com regularidade, como quem redesenha um cenário.

Só mostra seus trabalhos muito raramente e assim mesmo por insistência dos amigos. Quando o faz, é em uma galeria obscura, de todos desconhecida. Tenho a sensação de que acha meio estranha essa minha mania de escrever e publicar livros. Por cortesia, mais do que prazer, concordou em fazer a orelha de um romance meu. Por pouco não assinou com pseudônimo.

— Estou... — respondo sem muita convicção, sustentado por uma batida de coco, mais do que por um texto que já começa a sentir o peso de tantas rasuras.

Somos interrompidos pela chegada de seus pais, que moram a uma quadra do restaurante e entram no recinto apoiados em suas respectivas bengalas. Juntos, têm cento e oitenta e dois anos. Mas a mãe de meu amigo ostenta um glorioso chapéu de palha. Com sua echarpe colorida, sua saia estampada em tons alegres, e seu sorriso radioso, ilumina a sala de um lado a outro. Parece saída de uma tela de Renoir. Agradece com carinho as flores que lhe dou. Reconciliado com a quarta idade, peço uma segunda batida. E conto os dias que ainda me separam de minha partida.

Não se trata de infidelidade a minha mãe, ou desrespeito aos pais de meu amigo — a quem conheço há quarenta anos e de quem gosto muito. Estou simplesmente perdendo o gás. E, no que diz respeito à mamãe, temo desaparecer em seus labirintos. Comento o receio com meu amigo.

— É, o risco existe... — ele diz, indicando meu lugar na mesa.

Sento à direita de seu pai, para quem redijo vários bilhetes ao longo do almoço, dele recebendo respostas em um tom estridente. De certa forma, fico aliviado por não ter de recorrer, com ele, a minhas "*umbrella sentences*". Cada uma de minhas palavras é examinada com uma lupa. As frases somente são objetos de resposta depois de minuciosa análise.

Somos umas vinte pessoas à mesa. À direita, bato papo com a irmã de meu amigo, uma psicanalista que não via há anos. Ela trouxe a neta, que exibe aos presentes com justificado orgulho. A menina, de uns dois anos, corre pelo restaurante com outra criança de sua idade. Lindas, essas duas meninas. Ocorre-me que terão vinte ou trinta anos quando já não estivermos por aqui, meu amigo e eu. E não é impossível que, uma noite, jantem juntas neste mesmo restaurante, pesando os prós e contras de se envolverem com homens em tudo semelhantes a nós.

Foi-se, de vez, a confortável sensação de imortalidade com a qual convivia até poucos anos. Cedeu lugar, porém, a certa paz, que me leva agora a contemplar as duas meninas que saltitam por entre as mesas. É para elas que desejaria dedicar este meu próximo livro, se conseguir levá-lo a bom porto. Uma obra que elas provavelmente jamais lerão.

Não importa, o gesto invisível ficará, e isso é o que interessa. Em homenagem a ele, registro desde já o apelo, regado a três batidas de coco: *aproveitem, minhas queridas, aproveitem bem a vida...*

18

Deixo finalmente o Rio de Janeiro, dando início a minha longa viagem de regresso a Kublai. Em São Paulo, onde troco de avião, revejo minha filha mais jovem no aeroporto, oportunidade em que tomamos um lauto café-da-manhã e recolocamos a conversa em dia. Falo com carinho de sua irmã, que mora no Rio de Janeiro, e com quem tive condições de estar mais longamente nesses meus trinta dias de Brasil. Em seguida, embarco para a África do Sul. Mas o breve reencontro me fez bem, confortou-me um pouco das saudades que já sinto de minha mãe.

Dessa vez, a parada em Joanesburgo será longa. Tanto que providenciei uma reserva de hotel, para tomar banho, trocar de roupa e descansar durante as nove horas que separam esse vôo do seguinte, para Kuala Lumpur.

Cruzamos o Atlântico sem maiores turbulências, exceto pelas derivadas dos filmes de má qualidade que acabo vendo em minha tela para matar o tempo. Tão logo chegamos, passo pela imigração e caminho até o hotel.

Uma vez no quarto, detenho-me por um instante na janela. A vista, com seus prédios esparsos, terrenos baldios, estacionamentos e autopistas, é anônima, como ocorre com paisagens vizinhas a aeroportos. É um cenário árido e indiferente, onde nada acontece, como se o espaço apenas preenchesse a função de interligar o que ali sucedeu, em um passado hoje remoto, e o que ainda poderá vir a ocorrer em dez mil anos mais, quando a natureza resgatar essas terras, ou o que delas sobrar. Como se o hotel se encontrasse, ele também, suspenso em uma encruzilhada.

Penso na separação de minha mãe. Foi difícil, como era inevitável. Impossível descartar a hipótese de que esses dias tenham sido os últimos vividos juntos. O que se pode dizer a uma pessoa querida, às vésperas de seu embarque para o outro mundo, a não ser desejar-lhe...

— *...boa viagem, meu filho!* — ela gritara com uma voz aguda do fundo de seu sofá, ao ver a porta de saída se fechando atrás de mim.

Regressarei ao Rio no fim do ano, é bem verdade. Mas, até lá, o que não poderá ter ocorrido com ela? Continuará a caminhar no calçadão, de banco em banco, em passos minúsculos, *respeitando*, como costuma dizer, *as formiguinhas*? Ou terá escolhido a noite para passear, dando uma guinada definitiva em sua nave — e dissipando-se na escuridão?

No dia seguinte, ao desembarcar em Kublai, uma boa surpresa me aguarda. Devido às chuvas torrenciais que tinham se abatido sobre a cidade na semana anterior a meu regresso, a exposição de Ingrid, para a qual eu havia sido convidado tempos atrás, tivera sua abertura adiada para a data de minha chegada. Não deixava de ser uma boa maneira de aterrissar e rever os amigos.

Na hora indicada, compareço à galeria. Chama-se Lumpini e fica no centro da cidade. As salas estão repletas quando cruzo a porta de entrada. Cumprimento alguns conhecidos e vejo, à meia distância, Ingrid circulando entre seus convidados. A luz parece se concentrar apenas em sua pessoa. Volto, por alguns instantes, a pensar em meu personagem. Até que me recordo a tempo da razão mais ostensiva de minha vinda — *e busco os quadros*.

Calculo que serão uns trinta, espalhados pelas paredes das três salas que se intercomunicam no térreo. Pelo pouco movimento nas escadas, deduzo que o segundo andar deve conter depósitos, banheiros e, quem sabe, alguma saleta destinada à administração.

Identificado e delimitado o espaço no qual me cabe operar, dou início a minha viagem pelas telas a meu redor. Trata-se da primeira vez que me deparo com sua obra, mal entrevista no convite e na reprodução fotográfica em casa de Sumalee — princesa que agora acena para mim de longe, sacudindo ao ar seus diamantes e esmeraldas.

Em meu percurso, cumprimento um ou outro conhecido, mantendo-me sempre a uma distância prudente da artista, de modo a melhor surpreendê-la com minha presença, pois imagino que ela ainda me julgue no Brasil. E confirmo minhas primeiras impressões de seu trabalho: a pintura é mesmo atroz. Seu único mérito reside na coerência com que proclama, sem o menor pudor, e até mesmo com uma inocência peculiar, a extensão e diversidade de seus equívocos.

As cores, que gritavam do fundo de suas molduras, são mais chapadas, ao vivo, do que seria possível imaginar do exame de suas reproduções. Seu impacto consegue ser ainda maior do que a seleção dos temas. Estes vão de figuras mal acabadas de mulheres e homens dilacerados, mutilados, seminus e angulares, a animais dos mais variados portes e pássaros com garras expostas — para não mencionar os trens, aviões, bondes e carros que também circulam pelas telas sem cerimônia.

Ingrid surge sorrindo e me abraça. Um círculo de amigos se forma a nossa volta, do qual emergem, aqui e ali, mãos que dão tapinhas em minhas costas, em contraponto a palavras de boas-vindas e perguntas interessadas:

— Por onde andou?

— Como vai?

— E a viagem ao Brasil, que tal?

— Sua mãe melhorou?

Uma dessas mãos pertence a Ulrik, marido de Ingrid, que me puxa de lado para dizer que, como de hábito nessas noites de exposições, o casal receberá, logo após o término do coquetel, dez amigos para jantar.

— Um pato, que Ingrid mesma cozinhou a tarde inteira... — informa.

— Um pato? — repito bobamente, para dizer algo.

Fico então sabendo que os convidados estão sendo pinçados, um a um, da galeria. De quando em quando, Ulrik faz uma breve escala em um grupo e dali parte com o nome de um novo eleito. Na mesa, informa, só cabem dez, além dele e Ingrid.

— Essas coisas só podem mesmo ser improvisadas... — explica, varrendo a sala com o olhar. E repete:

— Você pode vir? Gosta de pato? Sabe onde moramos?

Duas respostas afirmativas e uma negativa depois, ele me entrega seu cartão, em cujo verso esboça o mapa do trajeto até sua casa.

— Nos vemos lá... — ele diz. E acrescenta: — Pode ir na frente, se quiser. Algumas pessoas já foram... O calor aqui está começando a apertar.

Ulrik me deixa e busca Ingrid. Vejo-o trocando duas palavras com ela. Registra, em toda probabilidade, minha aceitação do convite — e avaliam juntos, por alto, quem mais poderá completar a mesa.

Estaciono em um grupo de diplomatas, entre os quais se encontra meu amigo de Portugal com quem jantara meses antes na casa da princesa Sumalee, e me atualizo sobre a mais recente crise política por que passou o governo em minha ausência. (Nenhuma delas chega a ser grave, sobretudo em comparação ao que sucede no resto do planeta.) Os jornais brasileiros raramente dão informações sobre essa região, salvo quando abrem espaço para falar de furacões ou terremotos. O mesmo se dá, por sinal, com as poucas notícias publicadas em Kublai sobre o Brasil, quase sempre relacionadas a incêndios na Amazônia ou a violências policiais.

Termino meu uísque ouvindo o relato do português sobre a dissolução do parlamento. Preciso fazer um esforço considerável para entender o que ele diz, pois, embora falemos a mesma língua, seu sotaque é lisboeta. De cada dez palavras, entendo uma. Nada faz sentido. Melhor assim, talvez.

Bebo um copo de água, de modo a melhor me preparar para os vinhos que Ulrik abrirá em breve para seus convidados. Indago ao amigo português se poderia jantar comigo uma noite dessas. Mas ele já nem me escuta. Faz um sinalzinho de despedida e parte, célere, a caminho de outro grupo. Simpatizo com ele. Há cinco anos em Kublai, o homem tem seus segredos. Mas é discreto.

Deixo então a galeria rumo à casa de Ingrid.

19

À noite, quando tenho um compromisso que não seja formal, costumo dispensar o motorista e dirigir eu mesmo o carro. Com isso, perco-me pelas ruas e ruelas de Kublai, cujos labirintos vou aos poucos decifrando, como quem monta um quebra-cabeça de desenho abstrato. Conto, para tanto, com o apoio de um mapa. Além disso, o perímetro urbano no qual circulo, apesar de amplo em sua extensão, é quase sempre o mesmo.

Entre a galeria e a casa de meus amigos levo, assim, um tempo maior que o normal, o que nem de longe me preocupa, pois não tenho pressa. Mesmo porque preferiria ser recebido por meus anfitriões — a aguardá-los na própria casa, quem sabe na companhia de desconhecidos.

Mas como não há labirinto que resista à estrela de um bom navegante, por menor que seja sua pressa, logo chego à casa. Fica ao final de uma rua sem saída.

Sou recebido por dois adolescentes, um rapaz de quinze ou dezesseis anos e uma moça talvez de uns treze. Seus pais não tardarão, informam eles. São simpáticos, belos, esguios, alegres, e andam de mãos dadas. Levam-me até os jardins, onde já se encontram algumas pessoas. Um garçom circula com sua bandeja entre elas. Aproximo-me de um casal que conheço de vista.

O homem é indiano e responde pelo festival internacional de artes de Kublai, um evento anual que, por três semanas, transforma a capital em um prestigiado centro cultural. Sua esposa, vou descobrindo à medida que a conversa flui, nasceu no Uzbequistão e fez parte, quando mais jovem, do corpo de baile do Kirov.

Uzbequistão... Pouco sei sobre o país, que integrava a União Soviética — como ela relembra. Mas quando o nome da capital vem à baila, Tashkent, recordo que, décadas atrás, se realizava naquela cidade uma importante mostra de cinema — da qual o Brasil participara certa vez com *O padre e a moça*, de Joaquim Pedro de Andrade. (Ele era meu primo torto e me trouxera de lá uma latinha de caviar.)

Pergunto a minha interlocutora se o festival ainda existe. E se ainda é movido a caviar. Ela ri, antes de responder:

— Não, o festival morreu há muitos anos.

Registro a escolha do verbo. Os festivais não desaparecem: agonizam e morrem. Como para compensar um excesso de melancolia, contudo, ela emenda:

— E o caviar desapareceu...

E é mais animada que retoma o percurso interrompido:

— Mas me lembro bem da mostra. Vinham atores e diretores do mundo inteiro. Eu era menina e, como fazia balé, vivia atenta a tudo que dissesse respeito à arte e seus bastidores. Pena que não tivéssemos permissão para ver os filmes.

Aqui a pausa, para que eu assimile a crítica velada ao regime de então.

— Nós ficávamos do lado de fora do teatro, na calçada, vendo aquele mundo de gente, com roupas variadas e extravagantes, falando línguas estranhas e complicadas, rindo muito. Estrangeiros...

Um novo olhar, esse quase interrogativo, como se algo de novo lhe ocorresse:

— Na época não imaginava que artistas pudessem ser tão... *alegres*. A vida de bailarina era de tal forma dura e sacrificada...

A confissão me faz pensar — e a idéia me reconforta de outras mazelas do dia-a-dia — que era mesmo especial essa nossa família de artistas, fosse qual fosse o nível ou a grandeza de seus membros. Aqui estava eu, em Kublai, conversando com uma antiga bailarina de um dos maiores grupos de dança do mundo, e revivendo com ela, sob o olhar atento e interessado do marido indiano, ele próprio um produtor cultural, cenas de um evento ao qual tivera acesso graças ao entusiasmo de um cineasta brasileiro, cuja obra até hoje admiro. Não importava que o festival de Tashkent tivesse sido desativado por circunstâncias alheias a nossa vontade, pois ele já cumprira sua função — a de deitar raízes na memória de alguns eleitos. E se um *shopping center* tomava hoje o lugar do antigo teatro, como a ex-bailarina informara sem disfarçar sua tristeza, paciência: a mostra tivera, conosco, mais um momento de esplendor.

Procuro envolver o marido em nossa conversa, pois sinto, pela qualidade de seu silêncio, tratar-se de um homem sensível. Outros convidados se juntam a nós, sem que Ulrik e Ingrid apareçam (*"eles ainda vão demorar um pouco"*, avisa alguém). Quando sua mulher se afasta com uma amiga, o indiano toma meu braço e diz:

— Venha comigo. Tenho algo para lhe mostrar.

Leva-me até o fundo dos jardins. O que me revela tem a ver com a memória da cidade: por detrás da casa de Ingrid e Ulrik, passa um *klong*.

— Um canal? — indago perplexo.

O indiano pousa seu copo no parapeito e se debruça sobre as águas escuras. Insisto, no mesmo tom surpreso:

— Não sabia que ainda existiam...

Estou realmente encantado, como se uma cortina tivesse se aberto sobre o passado e a cidade se apresentasse com as cores de outrora.

— Este é um dos últimos. — ele responde, de olho no canal. — Um dos últimos a resistir às mudanças ocorridas nesses trinta anos.

Aponta para a direita:

— O Mandalay corre a seis quadras daqui. Esse *klong* desemboca lá. Só sobreviveu porque ladeia o parque e, antes disso, o palácio real. Na margem oposta, existe uma antiga fábrica de tabaco, hoje desativada e tombada. Vai virar um museu. É provável que o canal também seja poupado. E que, um dia, acabe mesmo sendo o último *klong*.

Completa em seguida, de olho agora em mim:

— Por sua conversa com minha mulher, imaginei que você gostasse de saber disso. Faz parte dos segredos da cidade.

Um klong... E pensar que, para mim, eles só existiam na literatura ou na memória dos mais velhos. Haviam sido centenas, a cruzar a cidade em toda sua extensão. Uma cidade, não canso de pensar, que esteve entre as mais belas do Extremo Oriente. E que ainda resistia, a sua maneira, às investidas do concreto armado. Lutando contra as fachadas envidraçadas, em tudo iguais a milhares de outras que, nos quatro cantos do planeta, transformam centros urbanos em espelhos anônimos.

Acendo um cigarro. A simples existência desse canal me aproxima de meu novo amigo — pois as verdadeiras afinidades nascem de situações como essa. Das saudades que sentimos de outros rios, outras margens, outras paisagens...

— Ingrid me falou de seu livro... — o homem murmura, de olho nas águas que passam. — Ela gostou muito.

Encontro-me tão distante dali que custo a entender o que me diz. Mas logo me recordo que dera um romance meu, publicado nos Estados Unidos, ao casal. Não sabia que Ingrid o tinha lido. E muito menos que tivesse gostado. Simpática, essa notícia.

Sinto meu companheiro atento, na penumbra. Aguarda uma reação minha ao elogio indireto que fez a meu romance. Injeto alguma sinceridade no que digo:

— Fico contente ao saber disso. Ingrid e Ulrik são meus primeiros leitores aqui em Kublai.

— Gostaria de me unir a eles... — ele comenta gentilmente.

Continuo tão longe, que por pouco digo:

— *Não há pressa.*

Mas me contenho a tempo. E respondo:

— Claro, com o maior prazer.

Ele me dá seu cartão. Na seqüência dessa troca de amenidades, oferece-se para me mandar dois convites para uma ópera. Em seguida, sugere que regressemos à sala, onde nossos anfitriões acabam de ingressar.

20

Desse jantar, guardo sobretudo a memória de um sonho que tive na mesma noite. Nele, Ingrid circulava pela sala servindo bebidas a homens que a acariciavam, enquanto Ulrik, a um canto, conversava em voz baixa com Nguon. A cena me deixava indignado, sem que eu lograsse saber por quê. Nas poucas vezes em que havia tentado expressar o mal-estar que me dominava, a última delas puxando a manga de Ulrik, como faz uma criança que insiste em apontar algo ao parente distraído que a acompanha, ele me rechaçara.

Descobria, assim, que, longe de me encontrar na casa de Ingrid, estava de volta a meus oito anos e, de calças curtas, assistia, impotente, ao diálogo de dois adultos, sem lograr chamar sua atenção para o que ocorria bem debaixo de seus narizes. E o que ocorria era mais grave ainda do que supunha, como então me dava conta: *Ingrid estava nua*. Seu corpo, indiferente a minha perplexidade, navegava por sua casa atapetada, tal um navio fantasma em busca de um porto seguro onde pudesse deitar âncora.

Queria falar e não conseguia. Sensação agravada por outra, mais misteriosa: não sentia desejo por Ingrid. Tinha apenas ciúmes — e esses respondiam pelas gotas que tremulavam em minha testa.

De um velho *jukebox* saía uma música fanhosa que eu não conseguia identificar. Imóveis e em silêncio, os demais convidados aguardavam que o jantar fosse servido. Exceto por Ingrid, contudo, não havia uma única mulher entre eles. Lá fora passava uma rua, mas de uma cidade perdida, em um país que já não era Samarkan, e cuja localização exata eu ignorava.

Ingrid recolhia de sua bandeja um copo de leite e trazia para mim, que me encontrava agora sentado na mesa de Ulrik e Nguon. Ondulava ligeiramente ao caminhar. Sua pelugem dourada fazia uma breve escala na altura de meus olhos. Eu respirava fundo, não tanto para aspirar aromas desconhecidos, mas porque a proximidade de seu sexo me incomodava — sem que eu conseguisse entender a razão dessa repulsa.

Ulrik passava dois dedos distraídos nas nádegas de sua mulher, antes de afastá-la de nossa mesa com um gesto indolente, como se a soprasse na direção dos outros convidados. E reagia então a um comentário de Nguon:

— Eu, não... Escrevo apenas de madrugada. O telefone não toca, Ingrid não me interrompe, as crianças não chateiam, as ruas se mantêm silenciosas, os passarinhos cantam, dando vôos rasantes sobre nosso *Klong*...

— *Sou eu que escrevo de madrugada!* — tentava eu gritar em vão.

Nguon balançava a cabeça, sem nada dizer. Não duvidava, nem aprovava. Talvez nem tivesse ouvido a frase de Ulrik. Este concentrava suas atenções em mim:

— E seus deveres? Já fez seus deveres de casa?

Suando frio, eu deixava a mesa. Aproximava-me de Ingrid que, de costas, esvaziava o conteúdo de sua bandeja em um balcão. Minha cabeça mal ultrapassava sua cintura:

— Ingrid — murmurava —, preciso fazer meus deveres.

Ela se voltava para mim. E era Natália, quem se apossava de meu punho cerrado, forçava a abertura de meus dedos, que cediam à pressão dos seus. Era Natália quem passeava por sua pele a pequena mão suada que se entregava com a docilidade de um pincel.

Eu olhava para seus seios. Ela me segurava pela nuca e colava minha boca a seu corpo.

— Sou o Anjo da Morte — dizia então.

Despertei por alguns minutos. O suor molhado em meu travesseiro unia o ambiente do sonho, que se desfazia na escuridão, a minha cama, deixando-me às voltas com um pensamento único: *como sofri nas mãos desses adultos*. Procurava, ao mesmo tempo, evocar os propósitos trocados por Ulrik e Nguon. Mas só conseguia recordar de uma pergunta:

— *Já fez seus deveres de casa?*

Cobranças... Só que os deveres com que me deparava não se resumiam apenas aos do escritor que, por timidez ou insegurança, adiara seu mergulho na própria obra. Eram os do marido que não cumprira com suas obrigações, deixando a esposa vulnerável às carícias alheias.

Natália... Ainda que as paisagens locais me resguardassem, ela se mantinha presente em minha memória. Natália, a mulher cujo sexo e seios pairavam acima de mim, abertos a outras tentações. *Natália, meu navio fantasma...*

Voltei, então, a adormecer. Uma noite fechada se substituíra ao jantar de Ingrid e eu agora me encontrava no mar. Olhando para trás, contudo, vi que a orla pertencia a Copacabana. Só que as águas eram mornas e sem ondas, como as de Sumai. Nadei em linha reta até me perder em uma neblina, que logo me cercou. Onde estariam as luzes da avenida Atlântica? Girei o corpo em todas as direções. Tanto poderiam se encontrar as minhas costas, quanto em frente, ou dos lados. Pior: poderiam ter *desaparecido*.

O medo da morte tingia de negro as águas a minha volta. Fixei um ponto na neblina de onde supunha ter vindo — e recomecei a nadar. A linha reta que me trouxera até ali já não era confiável, mas não tinha alternativa. Não era a primeira que me abandonava à própria sorte (linhas retas nunca foram meu forte), mas poderia ser a última.

A tranqüilidade do mar, no entanto, me acalmou. Além da ausência de ondas ou correntezas, o frescor da névoa era agradável. Decidi boiar por algum tempo. E, ao despertar, lembrei-me de que, em alguns dias mais, cumpriria sessenta anos.

21

Para comemorar meu aniversário, ofereci ontem um jantar em casa. E convidei meus personagens. Um perigo, misturar ficção e realidade. As interferências, além de inevitáveis, acabam sendo perigosas. Já me aconteceu de quase ser esbofeteado por uma mulher com quem vivera uma intensa paixão no emaranhado de linhas e entrelinhas (e que, na vida real, mal conhecia). Após passar boa parte da noite debruçado sobre um texto em que descrevia, em detalhes, um de nossos encontros clandestinos, revi-a, no dia seguinte, em um almoço social — e, sem pestanejar, dei-lhe um beijo na boca. Tive de deixar a sala, para não apanhar dela e do marido. Eu era jovem, mas nem isso serve como desculpa.

Mesmo assim, decidi arriscar. Lá estavam, então, em minha casa, Ingrid e Ulrik, a princesa Sumalee e suas jóias, seu primo Chira, este acompanhado da esposa Mali (ostentando, como sempre, sua amável saudação samar), meu agora companheiro de letras Nguon, cuja mulher permaneceu muda a noite inteira (compensando seu desconhecimento de línguas com uma excelente seleção de sorrisos enigmáticos), Franz, um fotógrafo austríaco que conhecera recentemente e, para completar a mesa, um casal do corpo diplomático local que me telefonou em cima da hora pedindo permissão para trazer a filha adolescente.

Quase todos viviam em minha casa, sem saber, uma existência dupla. A própria, que Deus lhes dera — e a que eu vinha criando para eles no papel. Cheguei a sentir uma ligeira vertigem ao observá-los na entrada, estacionando seus carros na rua ou cruzando o jardim a pé. Era surpreendente que se movessem, ou falassem, por conta própria. Se, por um lado, tornavam-se mais visíveis e palpáveis, até mesmo pela evidência de sua presença física, por outro, seus gestos, maneirismos, frases e risadas chegavam a mim *fora de foco*.

A distorção vinha da distância que separava os dois universos, o verdadeiro e o imaginário. Distância que eu não poderia mencionar, porque aprendera a duras penas minha lição. De toda forma, como explicar a meus amigos, sem ofendê-los, que, para mim, eles se haviam tornado infinitamente mais interessantes no papel do que na vida?

No papel, eu podia lidar com Ingrid impunemente, desmascarar Nguon e suas torturas, conversar sobre literatura francesa do século XIX, perseguir meu pai em vão — e quem sabe reencontrá-lo? —, enfrentar as incertezas de minha mãe... Na vida real, o máximo que me permitia era suspirar diante do circo montado a minha frente.

Aos poucos, contudo, meus convidados entravam em foco. Falara então com um, rira para outro, ouvira atento as explicações de um terceiro (sobre os novos desafios criados pelas câmaras digitais), brindara, em um grupo, à saúde de todos. E, assim, ia me tranqüilizando. Mesmo porque o nosso era um momento de amenidades, não tinha por que me entregar a minhas vertigens recentes. Podia, ao contrário, me deixar embalar pela ternura amena que me cercava. E, coisa rara, me divertir.

Pensei em meus livros. Encontravam-se, eles próprios, povoados por esses momentos, fato que certa vez levara um poeta amigo meu a invadir minha sala de trabalho aos gritos: "Meu querido, *eu estava* no almoço do capítulo 27, *eu estava lá*..." E não é outro meu desejo secreto, o de que meus leitores se comportem como penetras em minhas festas. E que brindem comigo, sempre que possível. Jamais faltará vinho para um leitor atento. Desde que seja ágil o suficiente para viajar comigo, pois o meu é um livro em fuga.

Na realidade, gosto desses jantares, sejam eles verdadeiros ou inventados. O de ontem foi até *mais verdadeiro* do que esperava, dada a energia que emanava dos presentes — e, também, pela data especial a que aludi. A partir dos trinta, venho celebrando cada década com certa solenidade, disfarçando como posso minha perplexidade diante da velocidade com que o tempo tem passado por mim. E recorrendo, para tanto, a um falso bom humor, que cede espaço à melancolia à medida que os dígitos, à esquerda do zero, se sucedem, implacáveis, 30, 40, 50 e, agora...

— Sessenta anos! — exclama Ulrik em voz bem alta, abrindo os braços para mim e, com isso, anunciando ao mundo o que eu teria preferido só revelar ao soprar minhas duas velas na hora do bolo.

Como soube que era meu aniversário? (Uma indiscrição de minha secretária?) Ingrid e ele, recordo-me então, tinham trazido um presente que, na confusão geral, eu nem abrira.

— Você também já chegou lá? — pergunto-lhe perfidamente, enquanto todos me abraçam e dão parabéns, a jovem adolescente inclusive, com seus lábios carnudos e sua pele de pêssego.

— Cheguei *e ultrapassei*! — grita Ulrik, ao mesmo tempo em que move o corpo de atleta a meu redor, como um bailarino de tango. A ansiedade experimentada no sonho volta a bater.

Para disfarçá-la, passeio com Ingrid pelo térreo da casa, referindo-me, aqui e ali, a certos detalhes e episódios de minha vida, valendo-me dos pequenos objetos que carrego comigo há quase quarenta anos. *Minhas raízes*, explico.

São lembranças que mais pertencem à categoria *marché-aux-puces*, pois que foram em geral colhidas nas feiras de vilarejos paupérrimos, que vão da Guatemala ao Laos e Mianmar, passando pelo Equador, Malásia e tantos lugares mais. Ingrid, em dado momento, se encanta por um cavalinho de pau.

— É seu cavalo de Tróia? — brinca.

Meu cavalo de Tróia... Só rindo. Nesse abandono em que me encontro, não há mais espaço para exércitos ocultos ou ataques surpresa.

Volto a circular entre meus convidados — afinal sou *eu* o anfitrião. Natália via-se por vezes obrigada a me relembrar desse detalhe, pois minha tendência natural levava-me quase sempre a me comportar como convidado em minha própria casa. Era minha maneira de demonstrar a todos que apreciava o momento.

Claro, você bebe — e fica tudo ótimo, queixava-se ela, que só tomava água mineral e acabava participando de uma festa bem distinta da minha. *Água mineral*... Tão difícil mover os veículos de nossa pequena tribo sem álcool... Um sábio não dissera certa vez a um interlocutor atônito, com enorme propriedade, "bebo para tornar *você* mais interessante"?

Mais adiante, com o jantar servido, senti falta do olhar de Natália na outra cabeceira. Ao longo de quinze anos de relação, e à medida que as mesas menores cediam lugar às maiores e mais formais, conseqüência involuntária e inevitável de minha lenta ascensão profissional, as distâncias que nos separavam, sobre toalhas cada vez mais alvas e bordadas, também aumentavam. O que não seria grave se, nesse meio tempo, nossos sorrisos não se fizessem mais escassos.

Ontem, porém, sua cabeceira permanecera vazia. Também estavam ausentes, por razões compreensíveis, outros personagens, que davam lastro a mim e a meus convidados, *Saci Pelelê*, os fantasmas de Nguon, Fernande, meu pai... Teria sido simpático intercalá-los entre os presentes, para enriquecer o bloco de mármore no qual trabalho. Não havia mesmo grande diferença entre essas figuras. As mortas, ou inventadas, até rivalizavam com as vivas e verdadeiras. Talvez pela qualidade do vinho, que contribuía para diluir fronteiras.

Antes que a saudade voltasse a me dominar, contudo, alguém apagara a luz e a sala mergulhara na escuridão. O bolo fizera então sua entrada triunfal. Todos cantavam parabéns. Apesar de meio perdido, enxuguei a testa com o guardanapo e encontrei forças para sorrir com os demais.

Uma noite de anseios e desejos, penso mais adiante, ao me despedir de meus convidados. Mas não poderia me queixar: raros eram os homens que cumpriam sessenta anos sem sofrer represálias do passado.

22

De manhã, ao chegar no trabalho, recebo das mãos de minha secretária um envelope pardo lacrado, com meu nome inscrito a tinta em letras de imprensa. Contém um texto de Nguon, de umas vinte páginas. A secretária me olha atentamente, querendo adivinhar do que se trata. Peço para não ser interrompido, por meia hora que seja, telefonemas inclusive, e fecho a porta de minha sala. Em seguida, tiro o paletó que dependuro no armário, afrouxo o nó da gravata, desabotôo o colarinho — e respiro fundo. *Mais essa...*, penso, enquanto me instalo no sofá.

Não se trata de desrespeito pelo esforço de Nguon, ou de indiferença pelo drama por ele vivido em sua juventude. Não, minha reação tem mais a ver com o cansaço cheio de impotências que me domina cada vez que sou confrontado a tragédias que, por sua natureza, exigiriam de minha parte um mínimo de indignação. Há tanto infortúnio nessa região, que acabo me distanciando do que deveria me emocionar, experimentando então culpas que o lado frívolo de minha vida só faz aprofundar.

A nova versão dessa parte introdutória do texto, contudo, revela-se bem melhor que a primeira. Algo, quem sabe, Nguon inferiu de nossa conversa ao telefone. Terão minhas reticências feito soar algum alerta em seu espírito? O tom solene desapareceu das entrelinhas, cedendo espaço aos filões que ele explora.

Não que suas frases confrontem de perto verdades difíceis, ou se detenham em seus detalhes. O que predomina, nessas páginas iniciais, é a sugestão. Nguon destaca a família e, à sombra desse pequeno grupo de pessoas, descreve as sensações que freqüentam seu vilarejo, do sabor das frutas, ao perfume das flores, dos momentos singelos às grandes descobertas. O tom despojado e sóbrio a que recorre dá força à narrativa. Eu, pelo menos, sou envolvido pelo que diz e, com isso, volto a escutar sua voz.

Assim, acompanho de perto o menino que, aos cinco anos, sai pelas manhãs para brincar no quintal, de bunda de fora. Registro a presença de suas irmãs, sinto o carinho entre eles, noto a figura forte da mãe e vejo que o pai, com seus óculos de fundo de garrafa, os mesmos que, mais adiante, farão dele um "intelectual" (e, portanto, inimigo do povo), é um homem desajeitado e meigo.

Uma mãe forte, um pai meigo, três irmãs atentas, dois irmãos por enquanto ausentes do texto, meia dúzia de pintos e galinhas ciscando no chão de terra batida — e um país à beira do colapso. Eis o contexto das saudades de meu amigo. Em poucos meses mais, o canto das cigarras será substituído pelo estrondo das bombas incendiárias que os americanos lançarão displicentemente sobre a região. E, um ano depois, a guerrilha tomará conta de seu país, envolvendo-o em uma guerra fratricida, prenúncio, por sua vez, de horrores ainda maiores.

Por ora, contudo, o ar é perfumado e a sopa matinal ferve em um forno de lenha. Um velho tio, comprido e magro, faz uma aparição e afaga a cabeça da criança. Seus olhos piscam para o menino, que sorri de volta, sem largar o gafanhoto cujas patas inventaria com aplicação.

Deixo-me assim embalar pela paisagem. Tão raro, hoje em dia, navegar entre percepções. Não é um país que emerge das palavras, e sim um sentimento de harmonia, cuja pungência reside na presença latente da tragédia que se aproxima. O mundo do menino implodirá em breve. E Nguon, como tantos escritores antes dele, escolheu o olhar da infância para conferir à perplexidade sua dimensão maior.

Enquanto a terra não treme, porém, a criança se aproxima da panela. A sopa quente logo é disputada pelos irmãos mais velhos, que irrompem em cena trazendo, cada qual, duas carpas pescadas no rio próximo. O almoço está assegurado. Quando não há peixe ou galinha, come-se arroz frito com ovo. E isso também é bom.

Comida não chega a ser uma preocupação. Nessa fase pelo menos, nunca falta, embora tampouco sobre. Pelo que depreendo da leitura, as refeições constituem momentos de comunhão. Ao redor da panela, a família se reúne três vezes ao dia, as crianças agachadas no chão, os pais sentados na esteira, um ou outro conhecido de cócoras, hoje o tio, com seu cigarro de palha, amanhã a vizinha, que traz bananas e aplica compressas em Nguon, quando ele adoece.

Se o autor insiste no tema da comida, é para realçar o contraste com os meses e anos que virão, quando a nação irá passar fome e dois milhões de pessoas morrerão de inanição. Haverá dias em que a família comerá grama cozida em água quente, com uma sobra de açúcar caramelado surgida não se sabe de onde. Por cinco anos, o buraco no estômago será o maior e mais fiel companheiro de todos.

Porque, em breve, todos irão partir. Serão forçados a deixar o vilarejo, dando início a um êxodo interminável. Caminharão, em filas contínuas, pelas beiras de estradas, onde passarão por corpos cobertos de moscas, que exalam um cheiro forte e acre — e apodrecem ao sol.

Nguon não entende por que foram obrigados a seguir os homens de pijamas pretos e lenços vermelhos no pescoço, com suas sandálias de solas de pneu. Sabe, apenas, que as famílias carregam com elas o que podem, em trouxas, pacotes, maletas. Até ele arrasta uma sacola com alguma roupa.

São jovens, esses homens de negro, alguns têm a idade de seus irmãos. Mas seus olhares dão medo. E essa combinação, de extrema juventude e frieza, amedronta. O pai se inclina diante deles. A mãe dobra os joelhos, para que sua cabeça não ultrapasse os ombros desses meninos soldados. O caminho é apontado com o cano das armas, em meio a gestos sempre bruscos e incisivos, que se fazem acompanhar por gritos. Intimidam, esses seres. Falam a língua de Nguon, mas o tom é outro. Sua rudeza tem uma origem desconhecida.

Por ora, contudo, ainda é a alegria que predomina no texto. Mas o horror que irá se abater sobre eles paira como uma sombra entre as palavras — e destoa da história, tal um intruso que Nguon tentasse evitar a todo custo. Às tristezas que virão, contrapõem-se as realidades que alicerçam a vida.

A *terra, por exemplo...* Com a chuva, ela produz uma lama que permite às crianças fazerem animais de barro. Os irmãos ensinam Nguon a moldar búfalos e cavalos, enquanto as irmãs penteiam seus cabelos oleosos, que brilham na luz.

Um dia, que Nguon não esquece e que, por muitos anos, dignificará suas lembranças, ajudando-o a enfrentar as adversidades, a família vive uma grande aventura: o caminhão de um conhecido transporta todos para a cidade. Mais que uma viagem, é uma revolução.

Na cidade vivem os parentes ricos. Moram em casa com luz elétrica e tomadas. As tomadas dão choque. Nguon observa a tia. Na cozinha, ela abre a porta de um móvel estreito e branco e retira, de seu interior iluminado, garrafas coloridas enfumaçadas. Os dedos de Nguon tocam as garrafas e descobrem o frio.

Debruçado no balcão, o menino observa a rua lá embaixo. Como escritor que é, Nguon sabe atribuir a uma criança o milagre de descrever o que ela ainda desconhece. Vamos, assim, descobrindo a cidade pelos olhos do menino. As cenas se misturam e se confundem, tanto que, no texto, acabam se superpondo em um plano só.

O passado imediato é a única referência para um presente cheio de novidades. Se não serve como chave, pelo menos situa as descobertas em algum contexto. Daí as oscilações que incidem sobre a narrativa, pois ela acompanha o movimento pendular da infância, em um vai-e-vem de emoções entre o campo e a cidade, entre o momento radioso e o futuro sombrio. Por um breve instante, penso nas oscilações emocionais de meu próprio texto. E sinto vergonha, pois o contraste, aqui, tem uma grandeza — a que o registro de minhas pulverizações não poderia almejar.

Estou na quinta página quando decido reler as quatro anteriores, para retomar o fio da meada dessa viagem à capital. Ao chegar aos primeiros subúrbios, o caminhão circula por uma infinidade de ruas, algumas muito largas, todas cheias de gente barulhenta sobre bicicletas, ou charretes. As charretes transportam cargas estranhas e variadas. A fumaça dos ônibus domina as ruas, misturando-se ao cheiro de alho e gengibre que emerge das calçadas e ruelas, onde todos comem, sentados em banquinhos enfileirados. Há, também, muito lixo nas ruas, mas ninguém parece se importar.

Parte do texto é assim dedicada a evocar uma cidade que ainda não se sabe condenada. Por isso, talvez, a narrativa se detenha com carinho em tantas cenas do cotidiano, do formigueiro humano do mercado, apenas entrevisto do caminhão, ao uniforme reluzente do guarda de trânsito agitando um bastão branco sobre a cabeça.

De volta à casa dos parentes, noto que Nguon acolhe as novidades com a reverência que merecem. Mas logo aprende, com os irmãos, a refrear o espanto, de modo a reduzir o ar de superioridade com que os primos espreitam as reações dos visitantes. A irmã mais velha explica que os primos necessitam dessas coisas para sobreviver na cidade. *Nós temos sorte*, ela murmura em sua orelha, *tiramos o peixe do rio, o arroz dos campos, as frutas das árvores*. Nguon poderia até aderir à idéia da sorte, não fossem os brinquedos em certo armário.

O armário, em si mesmo, já constitui uma novidade. Nesse esforço de arqueologia sentimental, Nguon confessa que, a rigor, *tudo* é novidade, a começar pela maçaneta dourada da porta que o primo abre lentamente. De seu interior saltam carrinhos, bonecos, bolas...

Nguon deixa-se atropelar por essas visões. Percebe, com alívio, que até seus irmãos se rendem às evidências e entregam os pontos. Já não é necessário reprimir a animação. A felicidade transborda. E se traduz em gritos de alegria. Nguon ri dos bonecos, rola no chão com as bolas. Depois, boquiaberto, agacha-se com os irmãos para inspecionar os tesouros que o armário continua a desovar com uma naturalidade espantosa, do trem com vagões coloridos, às caixas repletas de peças sem sentido, das pequenas esferas de vidro que rolam a perder de vista, aos soldados de chumbo com suas cornetas e seus fuzis.

Quando, à noitinha, o caminhão os transporta de volta ao vilarejo, o ruído do motor e o molejo da carroceria embalam o sono de quem dormiu sem se dar conta, diluindo assim a diferença entre sonho e realidade. O pai rivaliza com os brinquedos nas lembranças: é tão desengonçado quanto eles.

Na manhã seguinte, porém, o pai volta a ser a segunda pessoa em importância do vilarejo. Afinal, ele é o professor da escola. Todos os irmãos de Nguon sabem ler e escrever. Quando os homens de preto chegarem, papel e lápis desaparecerão da casa. Nguon, que a duras penas aprendera várias coisas, precisará esquecer tudo. E nenhum vínculo poderá ser feito entre o pai e a escola. Nguon não entende por quê. Seu pai se cala. Não parece ter, ele próprio, respostas.

O menino sente-se perdido. Até ali, quando algo lhe escapava, não faltavam explicações. Agora todos parecem tão perdidos quanto ele. Suas irmãs choram baixinho. Têm medo. A filha da vizinha foi levada pelos homens de preto e não voltou. À noite o pai dela chora. E a mãe geme baixinho. Nguon entra assim em contato com o desespero. Por enquanto, alheio.

23

Quando, mais adiante, o êxodo principia, a família de Nguon se mistura à multidão anônima que caminha lentamente nas estradas. Nguon lida como pode com a desorientação que o domina. Seus pés doem. À noite, o medo o mantém desperto e se instala em seus sonhos.

Para os pés existe um paliativo. Sempre que pode, o menino molha-os em um riacho, ou nas águas que banham os arrozais. Mas para as noites não há solução: a mata que os cerca é repleta de perigos. Em seu vilarejo, as vacas tinham nomes. Aqui, mantêm-se à distância. E a mudança sugere ameaças maiores. Como fazer suas necessidades no interior da mata apinhada de fantasmas e dragões que o aguardam na escuridão?

Ao ler o texto de Nguon, percebo como as tragédias afetam o mundo mágico, tanto quanto o real. E penso no encontro de Nguon com *Pelelê*. Quase meio século separa dois momentos distanciados no tempo e no espaço. Mas que, apesar disso, têm uma raiz comum.

Não se trata das paisagens, ou das pessoas que as povoam. Os intermináveis arrozais salpicados por palhoças sobre palafitas, os búfalos que observam os camponeses passar, o silêncio e o ambiente soturno, mesmo de dia, em nada evocam as palmeiras e o mar de Salvador, ou a gente da Bahia, ou, ainda, a majestade de nosso passado colonial. Nem o calor é o mesmo, ou afeta as pessoas igualmente.

Mas um elo existe entre essas paisagens. Tão forte quanto invisível. Vem de seus mistérios. O adulto que se inclinara sobre *Pelelê*, como se santo fosse, tudo devia à criança que, na mais tenra infância, amara os espíritos e enfrentara as assombrações.

Com um mundo virado de cabeça para baixo pela estupidez humana, as entidades que, antes, davam graça à vida, também tinham sido levadas de arrastão pela violência. Até que, muitos anos depois, *Pelelê* reincorporara ao presente o encanto do passado, restabelecendo, assim, sua paz e harmonia. E, em certa medida, absolvendo Nguon.

Aos seis anos, porém, a criança ainda não sabe que, aos dez, trairá o pai. O que o menino ignora, contudo, o escritor sabe. Tanto que as culpas se infiltram aqui e ali, de mansinho, buscando refúgio no silêncio do texto. E, de lá, espreitam o leitor, que corre o risco de cair em uma emboscada, a cada parágrafo, a cada frase, a cada palavra.

A emboscada da culpa... Como lidar com ela? Muito misterioso, esse ofício de escritor. Lá fora, a vida continua, alheia às histórias de Nguon, que permanecem apenas comigo. Do alto de meu trigésimo quarto andar observo o trânsito engarrafado que serpenteia entre o verde dos parques e as cúpulas douradas dos pagodes budistas. O sol brilha em um céu sem nuvens. Na ante-sala, minha secretária fala ao telefone e sua voz chega abafada a meus ouvidos, como se viesse de outra dimensão.

É quase certo que o livro de Nguon passe despercebido. Se publicado for. E, a esse respeito, muito poderia ser dito. Bach compôs cerca de trezentas cantatas, das quais uma centena se perdeu. Ao longo da História, a relação de obras-primas destruídas, pilhadas, ou simplesmente esquecidas, cresce à sombra das que permanecem. Essas são preservadas, festejadas, estudadas. Às outras, quando muito, reservam-se os rodapés de biografias especializadas e sobre elas pouco se diz.

A humanidade deveria cultuar, em um luto coletivo, a memória do que se perdeu. Onde estariam os tesouros roubados aos templos dos faraós? Quantos personagens extraordinários teriam se imortalizado nas peças perdidas de Sófocles? Como soariam as cem cantatas de Bach, cujas partituras foram usadas como papel de parede em casas burguesas? Que cenas povoariam as telas desaparecidas de Vermeer? E, dando aqui um salto no tempo, como não brilhariam as grandes seqüências de certos filmes, sacrificadas nas salas de montagem?

Inversamente, os tempos modernos tudo preservam, tudo arquivam, tudo investigam ou aplaudem, atribuindo com freqüência prêmios e honrarias ao que há de mais banal, em uma ânsia de não perpetuar equívocos ocorridos no passado, quando gênios famintos morriam desconhecidos, uma preocupação que acaba empobrecendo nosso patrimônio recente — no lugar de enriquecê-lo. A poluição intelectual anda de mãos dadas com as demais, quando não responde por elas.

Daí que a obra de Nguon passará despercebida. Outros dramas, mais atuais e reluzentes, sucederam aos seus, outros genocídios ocuparam as telas de nossas televisões, entre as mais variadas imagens que também deslizam a nossa frente em busca de reconhecimento. *Olhem para mim*, exigem, com ou sem razão. A história de Nguon já foi contada. Ou envelheceu antes de nascer. Agonizou e morreu, como o festival de Tashkent e meus amados *klongs*. Ao texto de Nguon, resta o consolo de buscar abrigo em minhas páginas. Já que pertencemos à mesma família, acolho-o como faria a um irmão, mais velho e mais sofrido, que regressasse de uma longa e tenebrosa viagem — e com quem eu, então, retomasse uma conversa interrompida.

24

Ao deixar de lado o texto de Nguon, acendo um cigarro e penso em meu pai. Como Nguon, ele nunca teve um perfil intelectual. Foi um homem prático e objetivo. Suas áreas de interesse, em geral singelas, iam da política ao futebol, passando, sempre que viável, pelo prazer em viajar. Suas leituras privilegiavam, sobretudo, biografias ou livros de História. Gostava, também, de literatura policial.

Curiosamente, contudo, ele tinha, por amigos, homens e mulheres que faziam parte do que se convencionou chamar, entre nós, de elite pensante. Uma dessas figuras notáveis — e quase todas, a sua maneira, se distinguiram em seus respectivos campos de atuação, seja no mundo acadêmico, seja como escritores, críticos ou diplomatas — chamava-se Wladimir e atendia pelo apelido de Wladi.

Em meus tempos de menino, recordo-me bem, Wladi não falava, discursava. Não gesticulava, abria os braços, voava. Como Mário de Andrade (*sou trezentos, sou trezentos e cinqüenta*) e, antes dele, Walt Whitman (*sou um milhão*), Wladi era múltiplo no limiar da abstração. E, ao sorrir, me fazia rir, sem que eu soubesse por quê. Era desses adultos nos quais os jovens se inspiram. Se vivo fosse, teria hoje noventa anos. E vivo estava ontem à noite, quando me telefonou.

Existem sonhos que já começam no meio — e era esse o caso. O que ocorrera *antes* do telefonema de Wladi fazia parte da memória, das reminiscências do sonho. E elas eram curiosas: em um encontro, do qual eu estava prestes a participar, algumas pessoas examinariam um conflito de natureza cultural. Tratava-se de um exercício sem registros escritos, ou conseqüências de qualquer tipo, um mero debate ao redor de idéias.

Os participantes não eram movidos por ambições pessoais, nem buscavam glórias ou reconhecimento. Dispunham-se, apenas, a analisar um assunto relevante e, no processo, refletir sobre o país. Levariam do encontro a lembrança de uma frustração coletiva, mitigada, quem sabe, por uma pitada de esperança — e atenuada pelo prazer de se rever.

Se as metas dessa agenda singular revelavam-se ambiciosas, até mesmo por sua aparente simplicidade, o cenário previsto para o encontro seria discreto: uma pousada modesta localizada em uma cidade do interior.

Eram esses os antecedentes do sonho — e eles tinham se materializado em minha mente no instante em que o telefone tocara.

Do outro lado da linha, Wladi foi direto ao assunto. Indagou se eu pretendia comparecer ao encontro. Respondi que sim. E que estava justamente fazendo minha mala, dada à necessidade de pernoitar no local. Para minha surpresa, porém, ele sugeriu que eu desistisse da viagem. E, sem me dar tempo de reagir, disse: "Você não foi convidado."

Longe de me sentir ofendido, fiquei perplexo. Como escritor e homem do mundo, julgava-me amplamente credenciado a participar de discussões de todo tipo. Com o choque, veio a humilhação. O recado de Wladi refletia um veredicto. *Desse encontro, você não faz parte*, sentenciava o grupo por sua voz. Mais do que um simples penetra, senti que recebera um tratamento de impostor.

Difícil argumentar em causa própria, sobretudo quando se trata de evocar méritos associados à criação. Passei, apesar disso, a defender minha obra, por sentir que o aviso de Wladi se relacionava a meus livros — e não tanto a minha pessoa. A certa altura, ele me interrompeu: "Nada disso tem a ver com sua obra."

Mas, então, de onde viriam as restrições? Seriam pessoais? De que gênero? Quanto mais aflito ficava, mais tranqüila a voz soava ao telefone. A sua era uma missão civilizadora: fazer-me entender *algo*. Uma pequena verdade sagrada.

Wladi deixou-me tatear por alguns instantes na escuridão. Até que, notando meu desamparo, murmurou: "Você não está entendendo." Mais uma pausa e disse: "Você não percebe? Nós... *nós estamos mortos*."

Mortos...

"Mas Wladi... — respondi sem disfarçar o alívio — ... por que você não... *não disse logo*?"

O alívio durou pouco. Cedeu lugar à angústia, mal ele desligou — e eu despertei. A explicação de Wladi tranqüilizava, mas o sentido geral do sonho assustava. Continha um alerta: em um determinado grupo, justamente o que mais prezava, eu seria sempre barrado. Não por estar vivo. E sim, em um jogo de espelhos invertidos, por estar *morto*.

Morto para a verdadeira qualidade que deveria permear minha obra. Ou para as emoções que eu vinha evitando ao longo da vida, ao percorrer campos que supunha minados — e que, na realidade, estavam repletos de flores. Era o que o sonho expunha: o fato de minha existência ter sido marcada, até aqui, por uma seqüência de equívocos.

Um deles, talvez um dos primeiros, veio-me então à mente, a galope, como para corroborar minhas suspeitas. Imagem recorrente, ressurgia intacto, encapsulado no tempo e no vácuo deixado pelas minas que implodiam silenciosamente dentro de mim. Em um passeio a pé pelos campos, do qual eu participara com nossos pais e alguns amigos, meu irmão caçula colhera da relva úmida, aos três anos de idade, uma flor.

Revejo-o inclinando seu pequeno corpo na direção da margarida e retirando-a, com cuidado, do solo. Revejo-o entregando a flor a uma menina talvez ainda mais jovem que ele, em um gesto que deveria ser celebrado secretamente por quem o visse. Mas que eu, do alto de meus doze anos, acolhera com gargalhadas solenes, o dedo indicador em riste.

Como que fulminado por um raio, meu irmão atirara a flor ao chão e esfregara a mão na calça. A menina encolhera o braço, assustada, certa de que seu esboço de aceitação não passara, ele também, de um triste engano.

Como avaliar o mal que fiz a meu irmão, nesse pequeno melodrama? Como apagar da memória de sua amiga a semente ali plantada?

Em duas ocasiões, já adultos, comentei o assunto com ele, para expiar velhas culpas e ilustrar o tipo de insensibilidade que, por pura ignorância, tanto afeta os inocentes. Em ambas as ocasiões, ele brincou. "*Bobagem*", disse, "*esquece*". E acrescentou, como se o dado pudesse me proporcionar algum alívio: "*nem me lembro disso*".

Como reparar a violência? Cometida, ainda por cima, em uma tarde esplendorosa, quando toda a natureza se unira em cumplicidades para inspirar um primeiro gesto de amor?

Não fora uma flecha, mas uma farpa que eu plantara no coração de meu irmão. Dessas que criam raízes. E que, anos depois, se traduzem em uma hesitação. Ou em uma palavra áspera. Ou, ainda, em um silêncio pesado, desses que criam um fosso irreversível entre duas pessoas. Nguon traíra o pai, eu traíra meu irmão. De forma menos dramática, é certo. Mas roubando-lhe algo que, se não era tão precioso quanto a vida, dava-lhe graça e sentido.

No sonho, eu batera na porta dos mortos — e fora por eles ignorado. Eram, afinal, pessoas de qualidade, de excelente linhagem, a justo título respeitáveis. E tinham reputações a resguardar.

Restavam os vivos. E uma porta que insistia em bater em minha memória.

25

Recebo convite para, na qualidade de relator, integrar banca de mestrado na UnB, universidade onde cheguei a lecionar no início de minha vida profissional. A viagem até Brasília é longa, mas a perspectiva de poder visitar minha mãe no Rio me anima. Para não falar da possibilidade, em havendo coragem, de rever Natália. Um mundo de emoções cava um fosso entre nós, o mesmo que me impele continuamente em sua direção.

Tomada a decisão de aceitar o convite, respiro fundo de olho no sol que se põe na linha do horizonte. A última viagem ao Brasil, com sua bagagem de tristezas e riquezas, ainda se mantém fresca em minha memória. Receio que a próxima, com sua quota de imponderáveis, reabra feridas mal cicatrizadas. Minha secretária me traz um chá. *Malas*, murmuro, erguendo os olhos para ela, como se a palavra que sopro em sua direção resumisse os desafios que me esperam.

A verdade é que, por maiores que sejam as alegrias ou recompensas que me aguardam do outro lado do mundo, tenho cada vez menos energia para enfrentar os rituais de uma nova partida, das listas de providências a serem tomadas, aos aeroportos com suas filas e vôos desencontrados, para não falar das compras de lembranças para filhos, parentes e agregados. Nos aeroportos, passo tremendo pelos detectores de metal, pois temo que os alarmes disparem e, para constrangimento geral, exponham a nu todos os meus segredos.

Lembro da impaciência com que aguardava, quando jovem, a oportunidade de viajar para o exterior. Sinto dificuldade em acreditar que somos a mesma pessoa, eu e esse rapaz de vinte e poucos anos de idade, que volta e meia me espreita do fundo de nosso passado. O que ganhei em experiência, perdi em inocência. E lido mal com a troca, sinto que me empobreci no processo.

Uma vez mais, passo meus personagens em revista, de modo a ver se estão em condições de enfrentar a travessia. Como de hábito, nenhum deles deseja ser esquecido.

Nguon, por exemplo, viajará comigo, instalado em uma poltrona imaginária a minha direita, pois a ele devo boa parte do lastro que vincula meu livro às verdades que ainda me mobilizam. Torço para receber, antes de meu embarque, um terceiro envelope pardo e, por pouco, ligo para me despedir — sugerindo, assim, que se aprece a me mandar o que tenha disponível. Mas me contenho. Preciso deixá-lo a sós com seus fantasmas.

Tudo somado, não deixa de ser louvável que eu consiga sobreviver ao acúmulo de material que, a cada dia, aperta o cerco a minha volta. Meus textos, os de Nguon, fora outros que vão se infiltrando aqui e ali... A ida ao Brasil bem poderia, assim, representar uma valiosa oportunidade de descanso. Não há autor, por mais sério que seja, que não deseje, a certa altura, tirar férias de seus personagens. Com mais razão ainda, dos personagens *de seus personagens*.

Logo recebo, via eletrônica, a tese acadêmica que me cabe examinar. Mesmo descontadas as notas bibliográficas, os anexos e demais documentos, o calhamaço impresso se aproxima dolorosamente das duzentas páginas. Mas gosto do tema, tem a ver com diversidade cultural, um assunto sobre o qual me debrucei ao longo da vida com enorme interesse, e que me levou a também escrever sobre a matéria.

Lembro, dessa feita sem angústias e até com certo afeto, do sonho com Wladi. Se os mortos não querem saber de mim, meus colegas acadêmicos ainda dão valor a minhas contribuições. A idéia me alegra e, com isso, me consola de outras perdas e desencontros. *Simpáticos meus colegas*, penso. E, novamente, respiro fundo.

Em casa, nos dias que ainda me restam antes de partir e, mais adiante, a bordo de meus três vôos sucessivos, passo horas debruçado sobre a tese, como se me atracasse nela para melhor me ancorar em algum tipo de realidade.

Descubro antecedentes que desconhecia, aprecio o faro com que o texto foi redigido, pois, se é verdade que a política intimida, a cultura seduz.

Penso, uma vez mais, e com o aperto de sempre no coração, que o tempo realmente passou por mim, pois em época que me parece tão próxima — mas que na realidade se revela cruelmente distante —, defendi tese sobre tema semelhante. Só que ela hoje me soa de tal forma singela, se comparada à que agora me encanta, que me pergunto se deixará vestígios na memória de meus colegas, a título de referência genérica que seja. Por alguns instantes, namoro a possibilidade de reescrevê-la, quem sabe atualizá-la, mas logo desisto face à necessidade de concluir o livro do qual me ocupo.

Anuncio minha ida a meus irmãos, de modo a me encaixar no esquema de revezamentos que temos procurado manter sempre que possível com respeito a nossa mãe. Um detalhe me anima: sua saúde melhorou muito. A ponto de ela me haver dito outro dia ao telefone, em um tom jovial:

— Continuo sem saber por onde andei. Só que isso já não me incomoda.

— E as formiguinhas, mamãe, como vão?

— Que formiguinhas?

A viagem transcorre veloz, em sintonia com o interesse que a tese desperta em mim. Aproveito o tempo, também, para redigir o parecer que, mais adiante, remeterei aos demais membros da banca.

Ao desembarcar no Rio de Janeiro, tomo um táxi para o Leme. O motorista parece ter minha idade. Pela conversa, fico sabendo que trabalha no aeroporto há quarenta anos. Os mesmos que passei indo e vindo pelo mundo afora.

Um laço se forma imediatamente entre nós, ainda que eu não mencione o contraponto que nos une. De início sinto pena dele. Penso que, sem ter tido as oportunidades que o destino colocou em meu caminho, ele estacionou sua vida em um patamar modesto, por lá deixando-se ficar. Mas logo vejo que me engano. O homem está bem satisfeito com a vida que levou até aqui.

Não serei ingênuo a ponto de sugerir que está mais (ou menos) satisfeito que eu, pois esse gênero de comparações tende a simplificar um tema por definição complexo. Mas é com prazer que o escuto falar da esposa de quatro décadas de forma carinhosa — e com orgulho dos três filhos que criou. Descreve sua casa no Engenho Novo, fala de seu quintal, da árvore em que pendurou uma rede onde passa boa parte dos domingos, das idas ao Maracanã e das rodadas de chope com os amigos, bem como do grupo de choro que integra tocando bandolim ou reco-reco.

Encorajado por minhas perguntas, critica com fina ironia os políticos que nos roubam das maneiras mais cínicas e inventivas, mas não demonstra haver perdido a confiança em nosso país. Acredita que seus netos verão um Brasil melhor, mas tampouco menospreza as conquistas de nossa geração. Orgulha-se de sua própria história, cita a dos amigos e vizinhos para enraizá-la em algum contexto. Quando comento que moro em Samarkan ele arregala dois olhos no retrovisor. Pede-me para situar o país, de forma aproximada que seja, o que faço de bom grado, tomando por referência alguns vagos mares e continentes. Ele diz: "Aaahhh..." e coça o nariz de olho no carro emparelhado ao lado. São outros seus mapas, mais precisos e minuciosos. Se eu opero no plano geral, ele transita no microcosmo do *close-up*.

Estamos parados no sinal da Prado Junior, a um quarteirão da Atlântica. A minha direita, entrevejo, na outra esquina, a praça do Lido, paisagem favorita de minha infância, que volta e meia ressurge em meus sonhos. Fecho os olhos, e ao abrigo de um cansaço que nada deve a minha viagem, revejo o bonde de sempre, com meu pai nos estribos, o cigarro aceso no canto da boca, o chapéu firme na cabeça, acenando para mim. "*Depois...*", ele promete com um aceno de despedida, enquanto o bonde se afasta.

Depois... Sempre *depois*...

Uma arte, essa de pegar bonde andando. Ainda cheguei a pegar alguns, antes que eles fossem substituídos por ônibus elétricos e os trilhos fossem tragados pelo tempo. Em maio passado, quando estive no Rio, um amigo com quem caminhava no Leme me mostrou o vestígio de um trilho enterrado no asfalto. Decorrido meio século da extinção dos bondes, o pedaço de metal ainda resistia bravamente ao esquecimento.

— Pego a praia? — o motorista indaga.

— Pega — respondo. — Dobra na Anchieta e cruza a Gustavo Sampaio. Pode parar antes da igreja.

Meus mapas... Explorados desde a mais tenra infância, em intervalos que depois variariam enormemente ao sabor dos azares da vida. Apesar de tudo, a cada nova ausência mais me enraízo em meu bairro e, por extensão, em meu país. E a cada regresso, percebo algo de novo na paisagem, um prédio, uma loja, um ponto de táxi, um filho que sucede ao pai em uma banca de jornais — e que se parece de tal forma com ele, que é o pai remoçado que me vende o jornal. O mesmo ocorre com o volumoso padeiro, que, nesse caso, consegue ser tão antipático quanto o pai, que se recusava a vender fiado, deixando-me, com isso, sem meu grapete.

O que dirão os moradores mais antigos do bairro ao me ver passar mais gordo e mais curvado a cada viagem, os cabelos grisalhos, o passo hesitante? Lembrarão do garoto que colecionava figurinhas e jogava bola de gude nas calçadas? Ou murmurarão, balançando a cabeça, entre pensativos e curiosos:

— *Nosso homem em Samarkan*...

26

— Meu filho, como você emagreceu...

A porta de casa aberta, os braços trêmulos estendidos em minha direção, o vestidinho flutuando sobre o corpo, a bengala contra a parede... As palavras de boas-vindas, marcadas pelo afeto, refletem a indulgência de sempre. E inspiram, de minha parte, igual tratamento.

— Mamãe, você está ótima!

Pouco menos de trinta anos me separam desse ser fragilizado, a quem devo, não apenas a vida, mas muito do que veio depois. Só que a figura a minha frente parece ter estacionado em um patamar imune à passagem do tempo, como se não pudesse ir muito além do que já foi. Enquanto que, em meu caso, o processo de aceleração se intensifica, os prazos se encurtam, as metas se esfumaçam e desaparecem.

O tempo passa por nós de forma desigual, cada qual contabiliza o prejuízo a sua maneira. De minha parte, por exemplo, sei, há muito, que não mais lerei os livros que desejaria ler. De uns anos para cá, porém, sinto que já nem chegarei aos que comprei ultimamente — e que vão se empilhando a meu redor. Tenho-me dedicado a releituras, ainda por cima, o que não ajuda. Como se desejasse me despedir de certas obras.

— É... — ela concorda — sua mãe está bem.

Cede à tentação de falar de si mesma na terceira pessoa, valorizando assim sua condição de paciente.

— Sua mãe teve muita sorte.

— E, pelo visto, saiu de sua neblina.

— Que neblina?

Abraço-a e fecho a porta atrás de mim. Carrego a bagagem para o quarto no qual dormia em criança e que agora uma vez mais dividiremos, eu e meus personagens, por alguns dias. Mamãe segue-me de perto. Gosta de assistir ao ritual de abertura das malas.

— A viagem foi boa, meu filho?

A conversa se instala no plano das amenidades. Mamãe se senta em uma das camas, a mão esquerda pousada sobre a bengala, a direita ajeitando uma mecha de cabelos. Os cachos conservam o mesmo tom castanho-alourado, mas se tornaram mais ralos.

— O doutor reduziu a medicação de sua mãe, meu filho.

O olhar busca o meu, de modo a verificar se o médico está na trilha certa. Faço que sim com a cabeça e ela prossegue, menos animada:

— Estou dando muito trabalho, meu filho, logo eu que sempre detestei dar trabalho às pessoas.

Meus protestos não a tranqüilizam. O mergulho rumo à frustração ganha velocidade:

— Sua mãe *está uma droga*!

E bate com a bengala no chão. Rimos do desabafo, como se tudo não passasse de uma brincadeira. Ela então mostra o braço esquerdo, enfaixado em função de uma queda recente, e se volta para mim:

— Sua mãe teve sorte de não se quebrar toda.

E é verdade. Nessa idade, um tombo pode anteceder de perto o princípio do fim. Mais adiante, acompanho os curativos no banheiro e vejo, com tristeza, como são escassas as carnes que ainda recobrem os ossos de seu antebraço. A visão desse corpo, que já foi jovem e terá atraído sua quota de olhares ao longo da vida, inspirando desejos ostensivos ou velados, e que agora se encontra debilitado, é dolorosa. Curiosamente, porém, nada deprimente. Como se a decadência física, atingido certo patamar, se revestisse de uma grandeza especial, que enobrecesse minha mãe. Em alguma medida, ela ingressou na ante-sala de algo *maior*, que assombra ou intimida, mas que já não pertence à jurisdição dos homens. A correria a seu redor cessou. E ela, agora, aguarda. Com a consciência do dever cumprido e a certeza de haver contribuído para o bem-estar de todos que a cercam. A dela será, sem dúvida, uma bela viagem.

Mamãe registra a impressão de apreço em meu olhar, embora nada saiba de sua origem mais profunda. Abandona então o pessimismo de há pouco e declara:

— O braço andou ruinzinho, mas vai ficar bom.

Nos dias que seguem, noto, pelo diálogo e, também, por uma série de pequenos detalhes (sua leitura meticulosa dos jornais, o cuidado com que consulta certos poetas, sua concentração ao jogar paciência), o quanto ela voltou a se entrosar em suas rotinas. Em compensação está autocentrada e exige atenções. Fala constantemente de suas mazelas, suas pernas, seus olhos e, dependendo do momento, ou do interlocutor, de outras minúcias de seu patrimônio mais pessoal.

Mas é também capaz de enriquecer algum comentário meu, dando-lhe uma dimensão repentina de afeto, como ocorre quando, sem entrar em detalhes, menciono meu sonho com Wladi:

— É... — ela diz, depois de refletir por um bom minuto —, a vida colocou pessoas ótimas em nosso caminho. — Wladi, Antônio, Clarice.

Vez por outra, sai de sua redoma e surpreende:

— Meu filho, você notou como nosso prédio ficou silencioso?

— O Talagarsa? Silencioso?

— É. Não se escuta mais nada. Nem um vizinho gritando, nem o choro de uma criança, nem o som de uma novela, ou de um jogo de futebol. Nada. Silêncio absoluto. E da rua, só sobem os sinos da igreja. Os garrafeiros sumiram.

Algo ela lê em meu olhar:

— Será que estou ficando surda?

Apresso-me a descrever minhas aventuras em jantares sociais, decorrentes do estado precário em que se encontra um de meus ouvidos. Revelo o desconforto das pessoas a minha esquerda, quando confrontadas a uma barragem de "*umbrella sentences*" — que nem sempre produzem os resultados esperados —, e menciono o contraste provável entre essas percepções, no mínimo ambivalentes, e as dos convidados sentados a minha direita, que em geral me têm por uma pessoa direta, clara, franca e objetiva. Reproduzo o diálogo imaginário entre esses meus vizinhos de mesa, na hora do café e dos licores:

"Um tanto errático, nosso brasileiro..."

"Errático?"

Minha mãe acha graça na história e, com ela, recupera o bom humor. Mas logo se sente culpada:

— Você já consultou um médico?

De banho tomado, leio o jornal do dia, sentado na varanda. Por mais que a internet me mantenha a par das notícias do Brasil, nada se compara a folhear as páginas de um jornal. Recordo-me sempre da emoção que sentia em meus tempos de colaborador do antigo *Correio da Manhã*, quando, nas madrugadas de domingo, íamos aos jornaleiros verificar que destaque teria sido dado as nossas matérias, e se os artigos vinham ou não acompanhados de fotos ou ilustrações. Éramos três amigos a escrever no prestigiado

Quarto Caderno e tínhamos adaptado para uso próprio a frase de Charles Foster Kane: "*If the headlines are big, the news is big.*"

Se as manchetes continuam grandes, as notícias se tornaram pequenas. Refletem uma lenta e contínua frustração. Os grandes líderes deixaram a cena, os pensadores se tornaram escassos. As incertezas rondam. Os seres excepcionais brilham, mas à noite. Lutam por espaço, pregam no deserto. O ruído e a poluição geral dominam a cena, as esperanças vêm embaladas em dúvidas e hesitações. O mundo implode silenciosamente a nossa volta. Estamos à deriva, a banalidade impera.

Observo mamãe, sentada na sala. Os ombros curvados, um raio de sol sobre a cabeça, ela traz um livro aberto ao colo. A sua é a melhor das derivas. Se depender de mim, o tempo, por ela, não passará.

27

Telefonar para Natália acabou sendo mais fácil do que imaginara. Exceto pelo dedo que digitava o número, o restante de meu corpo se mantivera imóvel e atento, como se a contração muscular presente nos ombros e no estômago tivesse levado minhas energias a se concentrarem em meu indicador.

— Natália?

Ela mesma atendera, o que também ajudara. Não parecera surpresa ao ouvir o som de minha voz. Imaginei-a sentada na mesa ao fundo de sua galeria, mas retoquei a cena, eliminando a silhueta que se inclinara sobre sua nuca, em um movimento que, com uma freqüência dolorosa, continuava a se repetir em minha memória.

Ela indagara por meus filhos. Depois, me dera notícias dos seus. Em nossos clãs, agora separados, tudo caminhava sem percalços, as crianças cresciam, estudavam, namoravam, trabalhavam... Passando a um ponto mais específico, Natália perguntara então:

— Você esteve no Brasil em maio, não?

Era inevitável que tivesse ficado sabendo, os amigos comuns eram muitos, um deles falara. Ela interpretara a sua maneira meu silêncio. Mas agora fazia o registro, tendo o cuidado de despojar da pergunta qualquer resquício de cobrança. Revi-me, trôpego, do outro lado da janela de sua galeria. A mesma que ela agora contemplava. A menos que já estivesse desenhando uma figurinha em seu bloco de papel.

— É, vim ver mamãe. Ela andou mal.

O desenho no bloco tomava forma em minha imaginação. Gostava de acompanhar o traçado solto quando ela falava ao telefone. Havia conservado alguns em uma gaveta.

— Eu sei, estive algumas vezes aí com ela. No Talagarsa...

Minha mãe não mencionara as visitas, era provável que não se recordasse delas. E eu não ficara sabendo. Teriam ocorrido depois de meu regresso. Era natural que Natália a visitasse, pois eram amigas. Mamãe gostava imensamente *de minha norinha*, como dizia, e Natália achava muita graça nela. Nossa separação coincidira com o princípio da doença e, por isso, fora relegada ao segundo plano das preocupações gerais.

Meus irmãos haviam sugerido que eu não tocasse no tema de maneira muito direta, que deixasse as coisas vagas, como se eu tivesse partido para Kublai na frente — e Natália permanecesse no Rio para resolver assuntos relacionados a nossos filhos. *Quanto menos ela souber sobre o assunto, melhor*, minha irmã sugerira, sem disfarçar o tom velado de censura em sua voz.

Nossa separação havia desagradado a todos, amigos comuns incluídos. Um deles tentara brincar: "*em nossa idade já não se fazem essas coisas*". Tínhamos mexido com a estabilidade emocional de todos.

— Ela tem melhorado — Natália diz. — Você não achou, dessa vez?

Alguns carros haviam buzinado na rua em frente à galeria e o som, estridente, chegara até meus ouvidos.

— Em minha última visita, perguntou-me o que eu fazia no Brasil. Falei da exposição. Ela achou natural. E nossa conversa passou a girar sobre detalhes da mostra. Deixei o catálogo com ela.

Impossível resistir à tentação de enveredar pelo caminho da conversa fácil que se abria a minha frente:

— Foi bem, sua exposição aqui no Rio?

— Sim. Tanto que levei a mostra para São Paulo. Abriu semana passada.

Uma outra conversa, vital, batia em vão a nossa porta.

— Muita gente?

— Bastante. A *Folha* fez uma matéria. Cheguei a vender seis trabalhos. Voltamos de São Paulo anteontem.

Voltamos.

— Parabéns. Que ótimo.

— Pois é.

— Você acha que daria para a gente se ver?

A frase saíra veloz. Livrara-se de suas correntes, arrombara a porta, ganhara a rua, saltara valas, evitara minas e armadilhas — e aterrissara, já quase sem fôlego, na mesa de Natália. A figura no bloco, congelada, aguardava que o lápis voltasse a se mover. Mas ele se mantinha imóvel.

— Você acha? — ela pergunta depois de um tempo.

Quantos milhões de homens e mulheres, ao longo de tempos imemoriais, não teriam tido seus destinos suspensos, na dependência de uma resposta a essa pergunta exata? *Você acha?* Um milímetro para a direita, os caminhos se abriam, um milímetro para a esquerda, fechavam-se — para sempre.

— Acho.

Avanço, mas arrastando pesadas correntes, duas bolas de ferro presas aos pés. E ainda preciso balizar o caminho, que ameaça desmoronar a cada passo:

— Se não for complicado. Para você.

O terreno da complicação, igualmente minado, provoca reação imediata:

— Complicado? Não, *complicado*, não é.

Enfatiza o que não é, evita fórmulas assertivas. Ela também avança, mas a seu modo — e em seu ritmo: lentamente e na contraluz. O meu, em compensação, é um caminho sem volta, que logo desemboca em uma ladeira:

— Então?

Tudo ou nada.

— Você vai visitar seus livros? — ela indaga.

Salvo pela literatura. Marcamos um encontro na livraria a duas quadras de sua galeria. Lá, tomaremos um café. E, com sorte, um rumo. *Qualquer que seja...* O do passado, o do futuro. Tudo, menos o do presente, que me mantém imobilizado em uma mesma paisagem.

28

Visitar livrarias atrás de suas obras constitui um dos rituais mais caros aos escritores desconhecidos. Em meu caso, quase sempre representava uma fonte de frustrações, já que eu raramente encontrava exemplares de algum deles nas prateleiras. O vendedor, quando muito, consultava o computador e verificava que a obra, de fato, existia — mas apenas em sua telinha. Oferecia-se para encomendá-la. Eu, encabulado, agradecia. Mas negava, alegando estar de passagem pela cidade. Os vendedores mais velhos e experientes me fitavam então em silêncio e, logo, desviavam o olhar do meu.

Com os anos, e a cada novo lançamento, a situação tinha melhorado, mas pouco. Hoje, consigo até encontrar alguns títulos em certas livrarias, mas só um exemplar de cada. E, assim mesmo, espremidos nas estantes, fora do alcance das mãos (e dos olhos) dos leitores, jamais expostos nas mesas onde reinam as obras mais conceituadas, mais bem vestidas, mais perfumadas, os primos ricos de uma família tão irrequieta quanto prolixa.

Visitar meus livros... Oito tinham sido publicados, ao longo de quinze anos, e todos, com maior ou menor velocidade, haviam afundado no grande mar editorial de nosso país. Quantas vezes não tínhamos feito essa peregrinação juntos, Natália e eu. Como era divertido, no início, perambular discretamente entre as estantes, observando, com o canto dos olhos, o incauto que se detinha em frente da obra que agora clamava por sua atenção — graças às manobras sub-reptícias de Natália, que a resgatara de seu esconderijo e a colocara em evidência. O leitor anônimo parava, acariciava com o dedo a capa do livro ao lado, suspirava (em sintonia comigo) e passava adiante — sem sequer lançar, sobre o meu, o mais hesitante dos olhares. *Leia-me! Leia-me!* Natália e eu suplicávamos em vão, a poucos metros dele.

Não poderia haver melhor cenário para um reencontro do que esse. Conveniente, além do mais, no caso dela, pois não se afastaria demais de sua galeria, cuja guarda poderia confiar a uma assistente, por meia hora que fosse.

— Por volta das quatro horas, está bem? — eu indagara.

— Está bem. As quatro, então.

— Em frente a meus livros?

Ela ainda freqüentaria minha obra, lançando, de quando em quando, um olhar distraído na direção das prateleiras?

— Melhor no café.

Território neutro... Um primeiro sinal de desengajamento?

— No café do segundo andar... — ela precisa.

Tem razão, no fundo, é mais prático. Concluída a negociação e celebrado o acordo correspondente, cujo lacre vermelho ainda seca em seu papiro, trocamos algumas palavras finais e, logo, nos despedimos. Imagino-a, por alguns instantes, imóvel ao lado do telefone, como eu agora. Em seu caso, porém, completando no bloco, quem sabe, o desenho interrompido — para então rasgá-lo com um alçar de ombros e atirá-lo ao lixo.

Rio comigo mesmo. No fundo, nem sei o que pretendo extrair desse reencontro. Um poço de ambivalências, eis a que estou reduzido. Se, por um lado, não concebo um cenário que me leve a resgatar uma relação esgotada, por outro tampouco consigo abrir inteiramente mão dessa mulher. E muito menos admitir que ela possa ser feliz com outro.

Mas e ela, o que desejaria? Nada, talvez. No máximo, certificar-se de que enveredara pelo caminho certo. Afinal, reagira a um convite meu. Sua hesitação, ainda por cima, havia sido palpável. Daria conhecimento desse encontro a seu parceiro? Antes ou depois de ir? Informado, ele reagiria com um sorriso sublime, enquanto sangrava por dentro? A idéia de que Natália e eu pudéssemos compartilhar de um segredo me dava algum ânimo. Ânimo ralo, porém, quase adolescente, desses que não resistem a uma inspeção mais severa.

Chego à livraria bem antes da hora marcada. Passeio pelas estantes, visito as lombadas de meus livros (três deles acenam para mim da última prateleira) e subo lentamente os degraus que me levam ao segundo andar. Passeio pela sessão de CDs, seleciono alguns para mim, outros para dar de presente, inspeciono os DVDs, pensando nos filmes que tínhamos visto juntos. Havia sido o cinema que nos aproximara, bem antes do que a literatura, pois ela nem sabia que eu escrevia quando nos conhecemos. Em uma festa, tínhamos passado boa parte da noite trocando idéias sobre diretores e sua obra. Senti que sua maneira *de ver* se assemelhava à minha. Mas era também possível que eu estivesse apenas interessado em levá-la para a cama. Ao final da festa, combinamos de ir ao cinema na noite seguinte.

De filme em filme, havíamos subido nossos respectivos rios até suas cabeceiras, descobrindo, no processo, que elas nasciam de fontes comuns, pois se alimentavam dos mesmos livros e peças teatrais, do amor por determinados pintores, além de uma série de interesses compartilhados, que iam da política à gastronomia, da curiosidade por outras culturas a experiências de vida em terceiros países. Havíamos também deixado para trás uma coleção de ex-parceiros, de quem tínhamos herdado, entre boas e más memórias, nossos belos filhos. Logo juntamos todas essas crianças, que, desde cedo, se entrosaram com naturalidade. Formamos, então, uma família. E quinze anos haviam passado, em três cidades, sendo duas no exterior.

No café, escolho uma mesa de canto, coloco o embrulho com os CDs na cadeira ao lado, peço um copo de vinho tinto, abro o jornal e respiro fundo. Estou pronto para o que der e vier. Sei que Natália atrasará pontualmente dez minutos, de modo que leio o primeiro caderno do jornal sem me apressar. Mas, no segundo, fico mais atento ao ambiente, peço uma água mineral com gás e inspeciono as mesas a minha volta. Mulheres, em sua maioria, noto. Todas com amigas, algumas acompanhadas de crianças. Dois casais jovens também dão o ar de sua graça. Uma tarde amena em Ipanema, em suma, dessas que, de tão singelas, não ficam na História.

A *não ser, talvez, na minha*, ainda penso, quando vejo Natália emergir do alto da escada. Ela não precisava estar tão radiosa. Terá ido ao cabeleireiro? Feito massagem na sauna ao lado? Encolho a barriga ao me levantar. Trocamos dois beijos que, por pouco, tangenciam nossas orelhas, tal o esforço que ela faz para evitar meus lábios. Procuro não apertar excessivamente seus ombros com as mãos. Os gestos sugerem intimidades contidas, nossos corpos se farejam, se reconhecem e se afastam. Eles, mais do que nós, se deixam cair sobre as cadeiras, o meu exausto com a proeza, o dela nem tanto. As palavras, efusivas demais, passam ao largo de uma sintonia mais fina com o momento. Natália olha para trás com leveza, como se desejasse conferir se algum conhecido subiu em cena conosco. Buscará o parceiro com os olhos? O garçom se aproxima. Natália vê minha taça com um resto de vinho tinto. Nota, também, a garrafa de água mineral, ainda intocada.

Nem uma, nem outra: pede um café. Eu, uma segunda taça de vinho. O planeta Terra gira sobre seu eixo, diversos carros-bomba explodem nas trincheiras do mundo, enchentes e terremotos afetam continentes variados, países próximos ou distantes continuam a receber seus contingentes de recém-nascidos. Milhões de pessoas fazem amor, milhares de outras se matam, algumas poucas compõem poemas.

— Açúcar?

— Obrigada.

A conversa começa por temas seguros, previsíveis e confiáveis: Samarkan, Kublai, minha vida por essas paragens. Natália me faz perguntas sobre a casa onde moro, as pessoas que freqüento. Evita falar sobre nossa própria viagem à região, em tempos pretéritos. Mas eu conduzo a conversa de tal forma que o tema se torna inevitável. De lembrança em lembrança, chegamos, então, a Sumai — e ao *L'Atalante*. Discretamente, ela evita nosso quarto. E eu não insisto.

— Você se recorda de Pierre? — indago a certa altura.

— Pierre?

— O gerente do hotel. Um francês, cuja mãe...

— Claro. Não lembrava do nome. Você esteve com ele? A mãe...

Aqui ela hesita. Procura situá-la em sua memória.

— Uma senhora muito idosa... — ajudo.

— ...mas superligada na vida... — ela interrompe — ...lembro sim. Professora de literatura.

Tateamos entre as palavras. As cenas de meu almoço com Pierre no Raffles vêm-me à lembrança. Sinto vontade de falar da conversa, das descobertas que encerrara. Mas noto que o olhar com que ela me observa é distante — e despojado de qualquer brilho.

— O que foi? — ela indaga, atenta.

Ela me conhece. Notou, por meu silêncio, que algo sucedeu. Em meu caso, as portas da memória hesitam, as do afeto se retraem. No dela, não sei. Olhamos um para o outro, do fundo de um passado que deixou de ser comum.

— Nada... — respondo. E logo emendo. — Pierre perguntou por você. A mãe dele também. Sentiram sua falta.

Natália está imóvel — mas pronta para bater asas.

— Fernande morreu há pouco... — insisto.

Morte, mortes...

— Quem?

— A velha senhora. A mãe de...

— Também pudera, coitada...

Não quis ser indelicada. Olha novamente para minha taça. Parece impaciente. Está a ponto de descobrir que deseja algo. O que será? O que desejará minha princesa? Resgatar o marido que perdeu? O amante que a enlouqueceu? O escritor que admirou?

— Você não quer um vinho?

— Quero.

Também a conheço bem. Sei de todas as suas sedes, as verdadeiras, as metafóricas, e as que costuram as primeiras às segundas. Matei algumas, perdi-me nas demais.

— E então? — ela pergunta, depois que o garçom se afasta.

— Então, nada... — respondo sorrindo. — A vida continua, estou escrevendo.

Ela passa a mão pelos cabelos e abre a bolsa, em busca de algo. Se fumasse, seria um cigarro. Como não fuma, nada acha. Apenas foge de meu novo livro. Morde os lábios. Sabe que um mínimo de interesse, agora, ela precisará demonstrar pela obra. Opta pela mais curta das formulações disponíveis na língua portuguesa, a que, não por acaso, se confunde com um balido de ovelha:

— É?...

29

— Meu filho... *e Natália?*

A voz de mamãe é hesitante. A essa altura, ela já sabe de minha separação. Mas prefere tatear a ser explícita. Estamos sentados na varanda coberta. Há pouco, tomamos o café-da-manhã, uma rotina que cumprimos a dois e que, na seqüência, nos conduz a rumos distintos, em meu caso, aos telefonemas que dou e aos e-mails que leio, antes de folhear os jornais do dia, no dela, ao chuveiro e à escolha da roupa que vestirá, além de uma série de pequenos rituais que também ocupam um largo espaço em sua agenda matinal, do cabelo penteado à maquiagem (apenas insinuada), da escolha de um adorno mais pessoal (um colarzinho e uma pulseira) ao resgate dos óculos esquecidos. Cumpridas essas múltiplas tarefas, passamos à etapa seguinte, a da varanda onde nos encontramos agora.

— Ela vai bem. Vai muito bem. Estivemos juntos, dias atrás. Batemos um longo papo. Depois, visitei a galeria dela.

Frases... Frases que dizem tudo e nada ao mesmo tempo. Uma semana se passou desde que revi Natália. Acabarei reencontrando essa mulher um dia, pois é variado nosso círculo de amigos. Quando esse dia chegar, porém, ela será outra pessoa. E, nesse meio tempo, eu também terei mudado. Ao beijá-la pela última vez, também me despedira de mim.

— Ela esteve aqui. Deixou o catálogo da exposição.

Busca meus olhos, antes de completar:

— O trabalho é bom, as fotografias são misteriosas.

Comove-me o esforço que ela faz ao optar pela discrição, evitando perguntas que me levem a revisitar o passado. As tristezas, porém, longe de desaparecer, nos espreitam silenciosamente de todos os lados.

— O catálogo é bem cuidado... — ela insiste com a voz trêmula, ciente de que se repete.

Com a mão, aponta a direção da sala, como se me indicasse onde se encontra a publicação. Mais parece um gesto de adeus, uma despedida. Sinto necessidade de tranqüilizá-la, embora esteja longe, eu próprio, de me sentir bem. O que dizer, em uma hora dessas, sem expor vulnerabilidades antigas, sem enfrentar, uma vez mais, a sensação de fracasso? Por força da separação, Natália e eu tínhamos socializado nossas mágoas entre parentes e amigos. Nesse momento, porém, minha mãe concentrava em sua pessoa a dor até aqui compartilhada.

Depois da livraria, Natália e eu tínhamos dado alguns passos pela calçada da Visconde de Pirajá. E o convite para visitar a galeria surgira de forma natural. Havíamos então caminhado por duas quadras em silêncio, ela de olho na folhagem das árvores que passavam por nós, eu mais atento aos buracos e irregularidades do chão. Ao dobrar a esquina, ela dissera:

— Você deve se lembrar da casa. Era um restaurante.

— Claro. Jantamos aqui mais de uma vez.

Ao dar com o janelão na fachada branca, contudo, não é dessas noitadas que me recordo, e sim da visita anterior a esse mesmo cenário. E da cena mal entrevista, que proclamava a existência de uma nova vida — e relegava a minha ao esquecimento.

Subimos os degraus, abrindo espaço para um casal que saía abraçado, e entramos na sala.

— Estamos com uma coletiva de fotógrafos do Paraná, um pessoal ótimo, quase todos abstratos. Dá uma olhada.

Ela se afasta, enquanto eu perambulo pelas fotografias, sem tirar os olhos dela. Troca duas palavras com a secretária, sentada na mesa ao fundo, pega o telefone sem fio, disca um número e desaparece atrás de um biombo.

Continuo a passear pelas fotografias, sem vê-las. Imagens, imagens... *Olhem para mim, olhem para mim...* Natália regressa.

— Simpático, não? São todos bem jovens. Muitas mulheres, entre eles.

— E suas fotografias?

— Estão no acervo. Temos uma sala de acervo, que também serve de arquivo e depósito. Está meio abagunçada. Você quer ver?

Fica mais adiante, à esquerda do biombo. É menor e não tão bem iluminada. Reconheço de imediato as fotos. Todas feitas quando vivíamos juntos. Revejo-me quase atrás da câmara, em boa parte delas. Em alguns casos, eu próprio sugerira o enquadramento.

— Você me prometeu algumas — consigo dizer em um tom casual.

— É verdade... Pode escolher. Tenho cópias no arquivo, para a imprensa e os catálogos. A série de Pirenópolis está ali no canto. A de Berlim, atrás da coluna.

Imagens... Eram muitas as que, em um desfile incessante, haviam passado por nossos olhos, nos mais diversos quadrantes do globo e, no Brasil, nos recantos mais variados do país. Para não falar nas que também haviam sido inspiradas por artistas que admirávamos e que, agora, povoavam nossa imaginação.

— E minha neta — mamãe indaga —, já esteve com ela?

— Jantamos juntos ontem.

Uma de minhas filhas mora no Rio. É loura e está no auge da mocidade. Quando entro em um restaurante com ela, passo sempre por um velho sátiro. Se minha mais nova vem de São Paulo, e se junta a nós (essa é morena e também atrai muitos olhares), sou abertamente hostilizado.

— O pessoal das mesas vizinhas fechou a cara para mim. Ela teve de me chamar três vezes de papai para que eu fosse absolvido.

Mamãe encontrou aqui uma boa maneira de mudarmos de assunto. Ao falarmos de sua neta mais velha e, logo, de meus outros dois filhos, situando cada qual em seus contextos, ou descendo a detalhes e trajetórias, a conversa ganha uma qualidade especial — e o futuro se impõe com ternura sobre o passado.

Com isso ela me ajuda a fechar um ciclo, em nossa conversa matinal que seja. Passo, então, mais aliviado, a tratar de outros temas, dos dias que ainda me restam no Leme, à próxima ida a Brasília, da banca acadêmica da qual irei participar, aos antigos colegas que reverei na universidade. Só não menciono meu retorno a Samarkan, mais adiante, porque a melhor maneira de amenizar distâncias e separações ainda é silenciar a seu respeito.

30

Em Brasília, sou recebido no aeroporto por Carla, uma antiga namorada com quem mantivera, ao longo da vida e apesar das distâncias, uma relação amorosa de modo intermitente. Temos trocado e-mails desde que deixei o Brasil, além de ocasionais telefonemas. É em sua casa que me hospedo ao dar início à segunda etapa de minha viagem ao Brasil, quando participarei da banca acadêmica a que me referi.

Hospedar-me com ela significa acolchoar esse meu retorno a uma cidade onde vivi, de forma fragmentada, cenários bem diversos, ora casado e pai de família, ora solteiro e perdido entre projetos e namoradas. Foram vários os anos passados nessa cidade. Só que espalhados de tal forma que, entre eles, toda uma vida — *a minha* — igualmente passara.

Como me sucedia nesse momento, eu também regressara várias vezes à cidade por poucos dias. E essas viagens adicionais haviam se somado, com sua leveza episódica, aos anos efetivamente vividos no mesmo cenário.

Cada regresso era, assim, a um tempo familiar, pelo muito que eu ali vivera em fases anteriores, e distante, pela diferença de percursos realizados entre uma etapa e outra. E o que acentuava a sensação de ambigüidade era o fato de que eu em geral morava, ou me hospedava, na mesma quadra, destinada aos apartamentos funcionais de professores da UnB.

Variavam os prédios e os apartamentos, mas a quadra não. E eu dormia nos edifícios do presente, sonhando com os do passado e, quem sabe, antecipando os do futuro. Inspecionava, à distância, o toldo que, com certo sacrifício, eu instalara na varanda de outra vida, e que ressurgia todo furado. Revia o velho porteiro que, certa noite, me agradecera, com lágrimas nos olhos, a doação de um casaco, graças ao qual sobreviveria às noites frias de inverno, e que passava por mim sem me reconhecer dois anos depois, ostentando o mesmo manto. Acompanhava, de longe, as crianças uniformizadas caminhando com suas lancheiras rumo ao jardim de infância da esquina, buscando, entre elas, a filha que hoje me superava em altura e determinação.

Uma cidade cheia de espelhos estilhaçados. Mas que, apesar de tudo, havia melhorado com o tempo, em compasso com o país. Politicamente cinza nos anos setenta, não lhe faltavam cores agora, ainda que as mudanças tivessem retirado dos cenários o que eles tinham de mais precioso, seu ar espantado de novidade, como se a cidade inteira, tal um pinto saindo do ovo, procurasse se desvencilhar de sua maquete.

Foi para evitar o desconforto de, uma vez mais, reviver esse círculo elíptico de retorno a um formato em tudo igual e diferente que aceitei, com alívio, o convite de Carla para me hospedar. Ela mora em uma casa, além do mais, situada ao final do Lago Sul, uma propriedade com um pequeno jardim, que se mantém distante o suficiente da cidade para que dela tenhamos uma bela vista e, ao mesmo tempo, bastante próxima por obra e graça de uma ponte nova.

Ainda no aeroporto, colocamos a conversa em dia. Noto que ela cortou os cabelos negros rente aos ombros e usa uma franja. Ao observá-la, é a menina de dezessete anos que revejo. Era a idade que ela tinha quando namoramos pela primeira vez, ela transitando da adolescência para a vida adulta, eu bem mais velho que ela — mas ainda assim um garoto se comparado à ruína de hoje. As distâncias diminuíram entre nós, é verdade, e isso nos faz sorrir. Estamos no carro, deixando o estacionamento, quando ela me pede notícias de Ingrid.

Não são muitas as mulheres a quem revelo certos detalhes de minha vida. Carla, contudo, é uma delas. A rigor, não sei por quê. Talvez pelo fato de nos conhecermos há tantos anos e, também, pela falta de expectativas que costura nossa relação, caracterizada por momentos amenos aqui e ali, mas igualmente povoada de longas separações por força da ocasional presença de parceiros mais constantes de uma parte ou outra. Nos quinze anos em que vivi com Natália, por exemplo, pouco soube de Carla. Mas teria sido por acaso que recebera um e-mail dela tão logo me separara? Por vezes gosto de pensar que não. Mas não me atrevo a investigar a hipótese de perto.

— Sucumbiu em suas telas — respondo. — Afogada em suas tintas...

— Adorei sua descrição do jantar na casa dela.

— O pato estava mesmo delicioso. Mas, à noite, tive um pesadelo.

A estação das chuvas encheu a cidade de verde. A vegetação a nossa volta me acolhe com o carinho de sempre, as árvores inclinando-se a nossa passagem, a cidade brilhando à distância. É bom estar de volta. Respiro fundo.

— E o livro?

— Vai indo, correndo como sempre.

— Um livro em fuga.

— Exatamente.

— Já tem título?

— O *último Klong*.

— O último *o quê?*

— Klong. Significa canal. Havia muitos em Kublai, quase todos desapareceram. Mas a editora quer mudar o título. Já me mandou duas mensagens a respeito.

— Talvez não seja má idéia. Eu não sei se compraria um livro com um título desses. O último... *o quê*?!

— Klong.

— Por outro lado... até que não é mal. Soa misterioso. *Klooong*... Como aquele teu livro com título de insetos, que só era encontrado nas sessões de biologia das livrarias. *Insetos azuis*, ou algo no gêne...

— Quando era encontrado.

— E também tinha aquele que ficava na sessão de móveis. *Mesa de cabe*...

— Eu não sou muito bom de título, se é isso que você quer dizer. Que tal mudar de assunto?

— Desculpa. Eu só estava brincando.

Carla tem essa estranha capacidade de me provocar, como um gatinho que morde a mão do visitante sem causar danos. Quando muito jovem, ela chegava a me irritar. Contrapunha ao amante mais velho e experiente, um charme meio brincalhão de garotinha. Por vezes o resultado até acabava se traduzindo em piruetas eróticas que, por muitos anos, tentei em vão duplicar com outras mulheres. Mas, no geral, infantilizava a relação. Começo a me perguntar se fiz bem em aceitar o convite de me hospedar com ela.

Deixamos as margens do Paranoá e enveredamos por uma estradinha estreita que serpenteia colina acima. Logo trocamos o asfalto pela terra batida. Desde minha última visita a sua casa, inúmeras propriedades haviam brotado na paisagem.

O jardim de Carla está cheio de árvores novas. Uma horta substituiu o campinho de futebol do filho, que hoje mora em São Paulo. Os cachorros latem e abanam o rabo com nossa chegada.

— Espero que essas pestes me reconheçam. Uma mordida bem na chegada seria dispensável.

— Depende da mordida... — ela ri, me puxando pela mão. — Deixa a mala no carro, a gente pega depois. Vem...

E eu vou, tal um pássaro em busca do ninho. O que mais me resta fazer, a não ser obedecer aos comandos de uma mulher que entreabre os lábios de olho em mim?

31

Participo de reunião com os membros de minha banca na UnB, em uma sala próxima ao auditório onde nos aguardam os candidatos que irão, nessas próximas duas semanas, defender suas teses de mestrado. Tomamos café, bebemos água mineral, batemos papo, pedimos amavelmente notícias de nossos parceiros respectivos — os que sobreviveram à passagem do tempo e às crises matrimoniais —, ou de nossos filhos, que hoje têm a idade dos candidatos. Estamos todos na faixa dos cinqüenta ou sessenta anos e nos conhecemos há pelo menos três décadas, em alguns casos, mais.

Esse gênero de reencontro é raro, já que, nos dias que correm, pouco nos vemos. Acabamos, quase sempre, tomando conhecimento de nossos feitos pela leitura de artigos acadêmicos que publicamos e que, dependendo do assunto, costumam ser reproduzidos para conhecimento geral. Fora isso, tendemos a manter contatos apenas com os amigos mais chegados.

Os homens, além das barrigas e de certa lentidão de movimentos, ganharam cabelos brancos ou grisalhos (se não os perderam de todo), as mulheres conquistaram um jeito matronal, que plásticas ou dietas não logram disfarçar. Tendo a achar, contudo, que elas se tornaram mais sábias e harmoniosas do que nós com a passagem do tempo, o que talvez seja uma ilusão. De toda forma, é com olhos de nossa mocidade que nos revemos e, sob essa ótica, estamos todos ótimos. Pelo menos é o que asseguramos uns aos outros. Em vinte anos mais, os candidatos de hoje repetirão as mesmas palavras tranqüilizadoras a seus colegas de banca, quando eles próprios se encontrarem investidos de nossas funções atuais — e nós já estivermos cumprindo uma agenda distinta em outro mundo.

É a quarta vez que participo de exercício semelhante e, como em ocasiões anteriores, sinto o mesmo prazer. Deriva de um sentimento singelo, mas relevante, o de *pertencer* a uma instituição, à qual dedicamos o melhor de nossos esforços. Estamos a salvo, além do mais, da competição que, por vezes, introduz um componente de ansiedade em nosso meio, pois chegamos todos ao topo da carreira acadêmica e daqui só nos resta sair de cena com uma pequena reverência. A essa altura, podemos aspirar, no máximo, a dar nosso nome a uma ala de biblioteca, quem sabe ter nossa fotografia dependurada em uma sala de espera da reitoria.

Mais adiante, encerradas as argüições orais e concluído meu trabalho na Universidade, sou convidado, pelo Itamaraty, a dar uma aula no Instituto Rio Branco, para os futuros diplomatas. Trata-se de um segundo recuo no tempo, já que os alunos marcam uma boa diferença para a turma do mestrado da UnB e, com algumas exceções, mais parecem adolescentes. Também com eles, trato de diversidade cultural e temas correlatos. Comento como o assunto evoluiu na esfera federal, menciono as personalidades que ajudaram a moldar o pensamento na área, dentro e fora do Ministério, falo de Wladi e das sementes que deixou plantadas.

O interesse é grande, as indagações cheias de curiosidade. Algumas incidem sobre minha experiência como funcionário das Nações Unidas, o que acaba nos aproximando. De tal forma que, tendo recebido uma pergunta de natureza mais pessoal, da família dos conselhos que eu pudesse genericamente transmitir a todos, permito-me recomendar que, em suas carreiras, não busquem receitas fáceis ou previsíveis, não sigam pistas já trilhadas, nem briguem contra o destino.

E que, nesse processo lento e sinuoso, permaneçam fiéis a seus ideais de juventude. Para que, um dia — e a ousadia do comentário me leva a falar sorrindo —, os retratos em três por quatro de suas atuais identidades sejam capazes de confrontar as figuras solenes que ostentamos todos mais ao final de nossas vidas, sem que o espanto e a tristeza prevaleçam.

Para encerrar a palestra, refiro-me, também, a Guimarães Rosa. E relembro uma tarde luminosa de minha época de aluno, quando ele dera uma aula em minha faculdade no Rio. Costurara suas frases, que fundiam fatos e poesia, em uma fala repleta de humor e ternura para conosco. Ele seguramente nos olhava da mesma maneira com que eu agora via os jovens em nosso auditório.

Ao longo dos anos, perguntei a meus colegas de turma o que eles porventura haviam conservado daquela manhã. Sempre obtive em resposta a lembrança de algum detalhe pessoal ("*ele tinha mãos pequenas...*", "*seu sorriso era meigo...*", "*um olhar tão vivo...*", "*a gravatinha-borboleta era simpática...*"), nunca algo que tivera a ver com a substância da aula. Nenhum de nós jamais conseguiu se recordar, com exatidão, do que ele nos dissera. E é bom que tenha sido assim. Foram-se as palavras, ficou o encantamento.

32

Brasília possui uma rua popularmente conhecida como "a rua das farmácias". À exceção dos nomes que as distinguem e de ligeiras diferenças em suas vitrines, as farmácias, que chegam a mais de vinte, são bastante semelhantes. Enfileiram-se por uma mesma calçada, que traça uma perpendicular entre duas largas avenidas. De dia, a rua é absolutamente normal, distinta das demais, apenas, pela concentração de lojas de um mesmo gênero. À noite, porém, a longa calçada se transforma em um refúgio, uma linha de resistência contra sustos e imprevistos, freqüentada por uma gente que, por vezes, mal se equilibra sobre as próprias pernas. Para lá se dirigem todos aqueles que, sóbrios ou não, buscam sem êxito, em outras partes da cidade, remédios para suas aflições, sejam elas físicas ou de natureza diversa, e entre essas as que incidem sobre a solidão. Uma amiga minha, à procura de alka-seltzer, ali conheceu o homem com quem se casaria (o que a levou a me confessar, mais adiante, que teria sido preferível dormir com azia).

Até o início dos anos noventa, o único estabelecimento alheio ao comércio ali existente era uma livraria. E os leitores da cidade, que ainda não havia sido invadida por shoppings e contava com poucas livrarias, nenhuma tão boa como essa, apreciavam a sutileza contida nessa metáfora urbana, a de que uma fonte de livros pudesse conviver tão intimamente com a solução de outros males.

Foi nessa livraria situada em uma das pontas da *rua das farmácias* que, em 1991, lancei meu primeiro romance. A fila de amigos e colegas era modesta. Apesar disso, estendeu-se pela calçada, talvez pela demora com que eu improvisava dedicatórias intermináveis, pois só mais adiante aprendi a me moderar nesse quesito. Por ter sido esse o meu primeiro lançamento de livro, a que se seguiriam outros, em cidades distintas e a bordo de livros distintos, preservei na memória a imagem da pequena loja, hoje desaparecida. Sempre visito, à meia distância, o local em que ela se encontrava outrora, da mesma forma com que também dedico alguns minutos de atenção terna e silenciosa à clínica onde nasceu meu filho caçula. Ao lado da quadra onde vivi, e da universidade onde trabalhei, constituem esses poucos marcos minhas referências pessoais, as que me vinculam à cidade — já que nela jamais tive a tristeza de enterrar um parente ou um amigo.

Sobre esses temas converso com Carla, na véspera de minha partida para o Rio de Janeiro, primeira etapa da longa viagem que me levará de regresso a Kublai. Por sugestão dela, estamos em um restaurante italiano da Asa Sul. Escolhemos uma mesa de canto, não longe da rua. Uma noite, apenas, nos separa do abraço que daremos no aeroporto, um a mais entre os muitos que trocamos desde que nos conhecemos — não por acaso, quem sabe, nesta cidade.

Carla parece triste. Talvez porque, dessa vez, o convívio entre nós tenha sido mais próximo do que imaginávamos. A casa pequena, distante das demais, poderá ter acentuado uma intimidade até aqui não compartilhada. Para mudar o clima, ergo minha taça ao ar:

— Até Kublai?

— Mais um sonho? — ela indaga, com uma ponta de melancolia na voz, retirando sua mão da minha.

Pela manhã, com a habitual sensação de impotência, eu comentara com ela um sonho que tivera. Face a seu silêncio polido, eu comprovara que os sonhos não *passam* mesmo de uma pessoa a outra.

— Esse depende apenas de nós... — digo, com uma animação que não sinto.

Somos, os dois, prisioneiros de realidades diferentes, que nos dominam, limitando nossos movimentos. Haveria como mudá-las? Carla alimentaria alguma ilusão, no sentido de que, talvez possamos, um dia, nos...

— Eu vou me casar — ela diz.

O garçom se precipita, o guardanapo na mão. Ao engasgar, manchei a camisa de vinho tinto. E acabei derrubando o copo na mesa. Procuramos achar graça no acidente, o garçom e eu. Carla permanece calada.

— *Mas Carla...*

O garçom traz gelo, embrulhado no guardanapo. Aceito seu gelo e ele meu pedido de desculpas. A toalha é trocada, sob o olhar atento dos vizinhos de mesa.

— Eu sei... — ela diz baixinho. — Devia ter falado antes. Não consegui.

Olho para ela, com a sensação de vê-la pela primeira vez. Noto o ar subitamente distante com que me observa, contabilizo os fios de sua franja negra. A mesma que, pela manhã, ela soprara de sua testa ao tomar café.

— Mas então... nós... esses dias...?

— Quando você telefonou do Rio, avisando que viria, fiquei muito confusa. Não resisti, foi um impulso. E, também, uma maneira de conferir certas decisões.

A rigor, nada em nossa relação justificaria cobranças de qualquer tipo. Era o aspecto inesperado da notícia que incomodava, como se minha existência tivesse recebido um tranco. Sentia-me triste, sem saber por quê.

— Mas e seu... seu...

Nas circunstâncias, a palavra que busco ameaça destoar. Carla não ajuda, mantém os lábios cerrados. Desenha o perfil de um rosto com a unha na toalha.

— ...mas e seu *noivo*?

— Viajando. Ele está viajando. Chama-se Marcelo.

E acrescenta, de olho no teto:

— Lembra do telefonema de ontem à noite?

Ao ouvir a campainha tocar, ela me deixara sozinho no chuveiro para atender ao telefone. Enrolara-se na toalha, dera-me o mais encantador dos sorrisos, desaparecera. Só ressurgira quando, já vestido, eu fumava um cigarro na sala.

Tomo seu rosto entre minhas mãos:

— Mas Carla, isso não se faz...

Embalo a frase em uma solenidade brincalhona, no tom do adulto que se dirige a uma criança. Na realidade, estou deprimido. Mais uma porta que se fechava, justamente a que se mantivera aberta a vida inteira, mais um pano de fundo que se rasgava. Era isso, o que havíamos dado um ao outro, ao longo de tantos anos: disponibilidade. Agora, não mais.

— Desculpa... — ela diz baixinho.

Sorri timidamente, tomada por um pudor que, apesar de tudo, existe. É tamanha a inocência desse sorriso, que sou transportado para seus dezessete anos, quando ela entreabrira a blusa para mim pela primeira vez, os olhos voltados para baixo, como se desejasse se certificar, antes de liberar o último botão de sua casa, de que ambos continuavam lá, à espera. O farol alto de um carro ilumina em cheio seu rosto, conferindo-lhe, por um segundo, uma beleza fulgurante.

Será penosa minha viagem de volta a Samarkan. Em uma questão de minutos, tornei-me tão remoto quanto o país. E se agora afago a mão de Carla, é para pedir que ingresse com delicadeza em meu passado.

33

Quando faço uma longa viagem internacional, aterrisso sempre dois dias antes de minha cabeça. E a alma tarda pelo menos uma semana a se juntar a nós. Fico então às voltas com uma versão mais econômica e simplificada de mim mesmo, lidando apenas, e assim mesmo em caráter emergencial, com os problemas mais urgentes que me aguardam ao desembarcar. No plano mais rarefeito do sono, enfrento noites mal dormidas, entremeadas por despertares súbitos em horas improváveis, em uma batalha perdida para disciplinar as coordenadas que regem meu tempo.

Felizmente, contudo, já na manhã seguinte a meu regresso a Kublai, recebo, em minha sala de trabalho, um telefonema de Sumai. Do outro lado da linha, Pierre me cumprimenta com efusão. Está, ele próprio, recém-chegado de viagem, depois de passar três longos meses na

França, entre férias e licenças que vinha acumulando nos últimos anos. Embora nem tudo que me diz seja positivo ou encorajador, sua energia é evidente. E eu acabo me deixando contagiar.

Pierre me conta então que espalhara as cinzas da mãe no rio que cruzava o vilarejo de sua infância. E que revira alguns amigos. Sobrevivera, também, mas com dificuldades, a duas semanas em Paris. De modo mais geral, desentendera-se com seus compatriotas, a quem atribuíra uma histeria para ele incompreensível, dado o nível de conforto em que viviam e as horas reduzidas que dedicavam ao trabalho.

— E os jovens querem trabalhar menos ainda! — protesta. — Com todas as garantias e vantagens sociais ainda por cima.

As queixas não param aí. Algumas são divertidas:

— Impossível andar nas ruas sem ser atropelado por milhares de estrangeiros, com suas câmaras de vídeo, guias turísticos e mapas. Começam a filmar nos aeroportos, chegam com uma sofreguidão de gafanhotos. Parecem querer se apoderar de nossas imagens.

— Mas Pierre... — tento ponderar — logo você, uma pessoa que fez do turismo uma profis...

— É diferente — ele interrompe. — Você sabe o que quero dizer.

O que ele quer dizer, no fundo, é que a França de sua infância desapareceu. E contra isso não há o que fazer. Mas o Brasil de *minha infância* também só existe na memória de uns raros amigos de geração. Inútil, contudo, tentar convencê-lo de que essa discussão passa por outros registros.

Pierre reclama, também, da descaracterização de hábitos e costumes que se anuncia no horizonte, em decorrência da consolidação da União Européia. O fenômeno, avisa, afetará cada um dos países do continente de forma dramática. A viagem convenceu-o de que jamais regressará à França para viver.

A conversa me faz pensar na tese que examinei há pouco no Brasil, sobre diversidade cultural. Considero, por um segundo, levar a discussão por esse caminho. Uma vez mais, contudo, desisto. E brinco:

— Então, você pensa em se aposentar aqui em Samarkan?

Sem saber, acertei em cheio:

— Morrerei em Sumai. Comprei um terreninho de frente para o mar, não longe do hotel.

Convida-me a ir visitar o terreno e inspecionar a planta da casa que pretende erguer por lá. *Minúscula*, faz questão de precisar: uma sala, dois quartos, banheiro e cozinha. Cercada por uma varanda.

— Mas que ótimo! — exclamo.

Fico de fato contente quando vejo algum amigo levar adiante projetos como esses, que envolvem telhados e paredes confiáveis, além de desafios como canaletas e fossas sanitárias. De minha parte, nunca consigo me organizar a ponto de prever um futuro que inclua um teto e uma cidade. Natália tinha mais cabeça do que eu para essas coisas.

Satisfeito, Pierre coloca um dos quartos do *L'Atalante* a minha disposição:

— Passe o próximo fim de semana conosco. Na condição de meu convidado.

— *Conosco?*

— É... Uma amiga me acompanhou, nessa minha viagem de volta. Você vai gostar dela.

No curto silêncio que segue, mergulho nas lembranças de nosso encontro no Raffles. Flaubert, Cézanne, cinema, literatura... O almoço forjara uma amizade que agora passava também pelas paisagens da Normandia e pela história de um pai fuzilado em uma guerra hoje esquecida.

— Trouxe uma surpresa para você — aviso.

— Do Brasil? — ele indaga.

— Sim, do Brasil... — confirmo, antes de aceitar seu convite de hospedagem e me despedir.

Sempre imaginei que, depois de certa idade, dificilmente faria amigos. Teria, no máximo, colegas, e assim mesmo em minha área de trabalho, seja na ONU, seja na UnB. A literatura me provou o contrário. E não apenas porque certos conhecidos se transformam em personagens, desenvolvendo então comigo, segundo o caso, laços especiais. Mas também porque a paixão pelos livros aproxima as pessoas, que acabam fazendo parte de uma mesma família, unida por laços que vão além do sangue, pois que passam pelo filtro da imaginação.

Assim, mais do que as recordações de infância compartilhadas em nosso almoço, mais do que as saudades de épocas vividas em outras paragens, mais do que a presença de Fernande em sua sacola e Natália em nossa memória, o que me unira a Pierre havia sido o périplo feito ao redor de *A educação sentimental*.

Os cafés desertos...

"*...a mulher bocejando por detrás de um balcão vazio...*".

"*...os livros expostos ao ar livre nas calçadas...*".

Retiro da maleta de mão a fotografia autografada que Natália me dera para entregar a Pierre. Depois do trabalho, sairei atrás de uma moldura. A secretária entra na sala, um envelope pardo nas mãos.

— Do embaixador van Tran? — indago.

— É... — ela responde séria, de olho em mim. — Ele deixou aqui na semana passada, antes de partir.

— Partir? *Nguon partiu?*

— Sim. O senhor não soube? Ele foi transferido de volta a seu país. Parece que foi meio inesperado.

Meu desamparo é tal, que ela se acha na obrigação de se justificar:

— O envelope ficou em minha gaveta. Pensava em entregá-lo ontem, na sua chegada. Mas esqueci. Desculpe.

Pego o envelope.

— Ele sabia que o senhor não estava em Kublai. Mas fez questão de vir pessoalmente. E ficou sentado na antesala por alguns minutos, como se o aguardasse.

— Não disse nada?

— Não. Na saída, apertou minha mão.

Hesita ligeiramente, como que tomada por certo pudor, e conclui:

— Com a mão esquerda. A direita não deixou o bolso do paletó.

34

É na praia de Sumai, sentado em uma cadeira debaixo de um amplo guarda-sol, à meia distância entre o hotel e o mar, que abro o terceiro e último envelope pardo de Nguon. O texto deu um ligeiro salto no tempo e o menino tem agora oito anos. Continua, porém, com o peso que tinha aos cinco. Para evitar os castigos, que são severos, e também incidem sobre crianças de sua idade, segue à risca as regras de comportamento do acampamento onde a família agora vive, o terceiro em que são internados desde o início da longa marcha rumo ao interior.

Nguon entende que precisa poupar forças. À noite, em segredo, caça e come as lagartixas que complementam sua dieta, repassando algumas para os irmãos, depois de saciada a parcela mais insistente de sua fome. As duas irmãs foram levadas para outro acampamento, onde poderão ter sido entregues aos soldados. Na esteira do sumiço das filhas, arrancadas a seus braços, a mãe conquista uma cabeleira branca e curva o corpo na direção do solo ao caminhar, como se buscasse algo a seus pés, algo que a terra subitamente tragou. Na manhã seguinte ao seqüestro, Nguon mal a reconhece.

Os dois irmãos mais velhos, contudo, permanecem junto à família e trabalham nas plantações de arroz com os demais adultos. Graças a Nguon, que lava pratos na cozinha, de onde rouba alguns restos de comida, alimentam-se modestamente. Os pais recusam as sobras, sempre repassadas aos filhos.

Nguon e seis outros garotos de sua idade respondem pela limpeza da cozinha e do refeitório. Depois do almoço, dispõem, por vezes, de um tempo de lazer: podem escutar música em um radinho fanhoso que o cozinheiro (ele próprio, prisioneiro) logrou preservar depois de extensa negociação com os guardas.

O cozinheiro, por sua vez, também aproveita esses momentos para repassar aos meninos, sempre lentamente e sem cansá-los ou aborrecê-los, um embrião de conhecimento. Assim é que, mediante pequenas operações aritméticas, ou um desfiar de letras do alfabeto, ele vai aos poucos respondendo pela educação rudimentar dos garotos — atividade que os guardas toleram e na qual até acham certa graça. Alguns deles, inclusive, se acercam e prestam atenção. Por vezes, formulam perguntas, não sem antes olharem furtivamente para trás. Riem da própria ignorância, mas disfarçam a alegria nervosa recobrindo a boca com a mão. E Nguon, que tudo observa, vai registrando essas cenas.

Desde que as filhas foram levadas, a mãe passou a falar sozinha. Um dia, desapareceu do vilarejo, para terror da família. Por sorte, quem a encontrou vagando pelos campos, não muito longe dali, foi o mesmo guarda que, algumas semanas antes, arrancara as filhas de seus braços. E que, por isso, soubera entender que não havia naquele fantasma errante, perdido no lodaçal dos arrozais, maior ameaça à humanidade. Trouxera-a de volta ao vilarejo, segurando-a pela mão, e a entregara de volta ao marido, com a naturalidade de quem recoloca uma galinha em seu galinheiro. De lá para cá, Nguon passou a dividir com o pai e os irmãos a responsabilidade de vigiar a mãe nos raros momentos em que ela não se encontrava no campo trabalhando com os demais ou sob um sono entorpecido.

Graças aos ensinamentos que adquire do cozinheiro, Nguon começa, sem se dar conta, a pensar de forma mais estruturada. Incorpora a seus horizontes elementos que, em outro contexto, seriam considerados como de natureza estratégica. Sabe que a sobrevivência dele e dos irmãos depende, em boa parte, de sua capacidade de roubar comida e matar lagartixas. Mas não poderá contar indefinidamente com o acesso à cozinha, pois outras crianças ainda chegarão ao vilarejo e tomarão o seu lugar. E as lagartixas já começam a escassear, ou se tornam menores a cada dia. Nguon passa a imaginar maneiras de encontrar aquilo a que ainda não sabe dar nome: alternativas. A única que lhe ocorre é seduzir o inimigo.

Seu trunfo, para tanto, é a idade. Os guardas, eles próprios adolescentes, temem os adultos, o que explica a permanente agressividade com que se dirigem a eles. Mas não se revelam particularmente violentos com os meninos. Nguon começa então a inventar uma sucessão de pequenos gestos que possam sensibilizar alguém — pouco importa, a princípio, quem. Uma quase imperceptível tessitura de afetos (aqui um sorriso, ali um agradecimento, por vezes o presente de um búfalo de barro, daqueles que aprendera a moldar com os irmãos), vai assim sendo esboçada sem parâmetros definidos.

De início, o alvo natural desses afagos é o cozinheiro, a quem Nguon pode expressar, sem faltar com a verdade, reconhecimento pelas lições. Por não ser propriamente um inimigo, e sim um adulto integrado ao esquema de opressão, o cozinheiro acaba por representar, mais que um ser de carne e osso, uma oportunidade de treinamento. Com ele, Nguon aprende a costurar, de forma metódica, e sempre tendo em vista objetivos ulteriores, sua interlocução de agrados.

O menino ainda não sabe, mas dá início, nessa fase, à trajetória que, mais adiante, o levará aos poucos, em um lento e sinuoso processo, às escolas e aos quadros do partido. Para, finalmente, depois de inúmeras peripécias, chegar, com a volta do país à normalidade, à carreira diplomática — sempre a bordo desse talento adquirido na trincheira da fome. Não sem antes enfrentar, aos dez anos de idade — na vertente mais sombria desse caminho —, o ritual de trair o pai.

Essa lenta transfiguração constitui a base de seu percurso. O adolescente, que sucede ao menino, paga o preço de se transformar, aos poucos e sem sentir, no opressor. Caberá então ao adulto, mais adiante, superados os pesadelos do horror, dar finalmente início a um gradual retorno ao passado.

Ergo os olhos do texto que me mantém imóvel em meu abrigo. O mar, verde como jade, emoldurado pelos braços de uma baía repleta de palmeiras balançando na brisa, parece suspenso na limpidez do ar. A cena é irreal, como se parodiasse os panfletos de uma agência de turismo. A minha direita, traçando uma diagonal desde a varanda do hotel, vejo o garçom que avança na areia com sua bandeja em minha direção. Traz a vodca tônica que eu havia pedido e que agora hesito em tomar, tamanha a assimetria entre o que é dito no texto e o que observo a meu redor. Na impossibilidade de censurar a vista, ou reinventar seus cenários, considero a hipótese de, pelo menos, devolver a bebida ao bar do hotel. Vejo então, mais à esquerda, quase na beira d'água, um grupo alegre de turistas, composto por quatro homens que, em instantes mais, passarão a poucos metros do ponto onde me encontro. Um deles, justamente, acena em minha direção.

Olho para os lados, imaginando que é outro o alvo de seu gesto. Como só vejo o garçom com sua bandeja, troco de óculos e me volto para o grupo que se aproxima. Para minha surpresa, reconheço o português. Veste uma curiosa bermuda lilás, com uma camisa florida. Ao passar por mim, sem alterar seu trajeto, ergue o chapeuzinho. E segue seu caminho, enquanto eu finalmente desvio, para a bandeja agora a meu alcance, a mão que respondia a seu aceno.

Dou um longo trago na bebida, logo seguido de outro, antes mesmo de assinar a nota que o garçom me entrega. Estou às voltas com uma dessas sedes que bebida alguma estanca. O salto entre os arrozais enlameados de Nguon, com sua aragem mortal, e a bermuda do português, em uma praia roubada ao paraíso da amenidade, reúne duas paisagens que não poderiam estar mais afastadas uma da outra, mas que, apesar disso, se inscrevem nas areias brancas a minha frente — como se fizessem parte de um mesmo painel. A primeira, embora presa às folhas de papel pousadas em meu colo, acaba sendo *mais verdadeira* do que a segunda, ainda que esta última se confunda com a realidade. São duas histórias que se entrecruzam, uma conhecida, a outra ignorada, uma real, a outra imaginada, mas ambas tomadas por seus segredos, mistérios e contradições, ambas fundindo, em uma mesma e contínua surpresa, cenas e emoções desencontradas.

Regresso ao texto de Nguon, com olhos meio bêbados. Antes, porém, despeço-me silenciosamente dos quatro homens que se afastam ao longe. Formam um quarteto que, empurrado pela brisa matinal, começa a desaparecer entre ondas de calor suspensas sobre a areia, quem sabe rumo a Alexandria.

The sea is high again today, with a thrilling flush of wind...

35

Passo o resto da manhã lendo ou relendo outros textos, entre os quais sinopses de imprensa, revistas e cartas particulares. Estas últimas têm escasseado com o advento da internet, mas ainda chegam — com uma lentidão proposital, que beira a indiferença pelos tempos que correm. Dei vários mergulhos no mar entre essas leituras, como se procurasse isolar cada uma delas. Com isso, preservo o manuscrito de Nguon de contaminações indesejadas.

A água, fresca e cristalina, tem sobre mim um efeito curioso. Ajuda a recompor os múltiplos cenários que me cercam, que vão de uma ficção com raízes na realidade, a uma realidade que continua a ser inspirada pela ficção — com seus componentes de delírio e melancolia. Sinto falta dos espelhos estilhaçados de meu passado, pois esses, pelo menos, eram movidos pela cronologia. Os que agora me cercam nem fronteiras ou referências possuem — e deslizam sem cessar, como as vertigens de minha mãe. Atraco-me, assim, aos textos. Meus ou de terceiras pessoas, sejam quais forem sua natureza ou procedência. Quando são bons, respiro e insisto por algumas páginas. Quando se revelam fracos, ou absurdos, dou um mergulho e confio minha sanidade às águas.

Ao deixar a praia, tenho a sensação de me despedir de um refúgio, no qual a família inteira de Nguon encontrou abrigo, mas não apenas ela, já que toda uma ladainha de notícias adversas, retiradas dos jornais e revistas, por meio das quais o mundo insiste em bater a minha porta, também ficou por lá.

Regresso lentamente para o hotel, onde dou com Pierre na recepção. Às voltas com um grupo de turistas escandinavos, ele acena de longe para mim e lembra:

— Almoçamos juntos...

Indica, com o dedo, a mesa no terraço onde ele sempre toma suas refeições, a mesma que ocupara com a mãe em minhas duas visitas anteriores, a primeira há cinco anos, acompanhado de Natália, a segunda dez meses atrás — quando, após os sanduíches que havíamos compartilhado, Fernande soprara em meu ouvido a sugestão de uma sobremesa:

— A *torta de nozes está excelente...*

É dessa velha senhora de quem agora sinto falta, da figura frágil sentadinha em sua cadeira de rodas, os olhos brilhando, voltados para uma linha de horizonte que jamais seria a mesma. O *tsunami* deixara mortes e devastações em seu rastro, mas sem afetá-la — exceto, talvez, pelo tremor presente em suas palavras:

— *Nunca vi nada de mais implacável do que aquela onda...*

Antes de me dirigir para o bangalô que Pierre gentilmente colocou a minha disposição, onde pretendo tomar um longo banho e me preparar para o almoço, olho uma vez mais para esse mar que tanta devastação causou, empilhando cadáveres onde, minutos antes, moviam-se corpos cheios de vida. A tragédia se dera pouco antes das nove da manhã, horário em que os turistas já ocupavam as praias ou se dirigiam com suas mochilas para os barcos que os levariam a outras ilhas.

Um colega que sobrevivera ao fenômeno me contara que a maré havia de súbito recolhido as águas para longe. E que as crianças tinham saído catando os peixes, que sufocavam sobre o fundo de areia molhada, para exibi-los, em meio a gritos de alegria, a seus pais. Estes, por alguns instantes, haviam desviado sua atenção da linha do horizonte — de onde um muro verde se aproximava, ganhando força, volume e velocidade a cada segundo.

A incredulidade geral impedira que uma resposta individual ou coletiva, instintiva que fosse, se impusesse. Meu colega me dissera que o espetáculo daquela onda, surgida de um mundo de sonhos, era de tal forma inusitado, que fascinara a todos.

— Eu despertara momentos antes — ele contou —, tomara apenas um suco de laranja para não perder meu barco. E fiquei ali, parado, de queixo caído.

Até que alguém berrara:

— Corram!

Para a maioria havia sido tarde. Sem saber como, ele próprio dera por si nos galhos de uma árvore, onde permanecera, com diversas costelas quebradas, até o cair da noite. Sua namorada, cuja mão imaginara apertar na dele, desaparecera. O cadáver nunca fora encontrado.

Duzentos e trinta mil mortos contabilizados, quase todos nessa região, ainda que a tragédia também tivesse afetado as costas da Índia e chegado às africanas. Três maracanãs lotados... Por seres das mais diversas nacionalidades, origens sociais ou raciais, idades e sonhos: todos levados, em uma triste comunhão, todos varridos, em uma questão de segundos, sem que soubessem por quê, ou para onde. E, hoje, já quase não se falava do assunto. Como se, ele também, tivesse sido varrido para sempre das preocupações gerais, na correnteza do esquecimento.

— Sobretudo aqui — confirma Pierre, ao me ver insistindo no tema.

Estamos sentados à mesa. Pierre abre seu guardanapo e o sacode ao ar, como se desejasse, com o gesto, afastar de vez as cenas do *tsunami*:

— Outra vodca tônica? — indaga, de olho em mim.

— Obrigado — respondo. — Com limão.

Sua amiga parisiense almoça conosco, chama-se Clea e é bem mais jovem que ele. Noto que traz uma curiosa medalha na lapela. Sua expressão me lembra alguém. Quem, não consigo definir. Refugia-se atrás de grandes óculos escuros e fala pouco. Saberia escutar? Algo Pierre lhe dissera sobre mim. Mais do que me olhar, ela parecia me observar.

— Dependurei a fotografia de Natália no quarto de mamãe — comenta Pierre. — Ficou ótima. Transformei o quarto em escritório. E mandei fazer prateleiras novas. Descobri uma enorme quantidade de livros debaixo da cama dela.

Boa idéia, essa da vizinhança entre os livros de Fernande e a fotografia de Natália... Uma ótima forma de reaproximar essas mulheres.

— Saúde! — proponho, erguendo meu copo.

— Saúde! — os dois exclamam.

Feito o brinde, aguardamos, em silêncio, que algo aconteça. Um garçom que se aproxime com os menus, por exemplo. Ou um pássaro que faça uma breve escala no encosto da cadeira ao lado. Pierre se vale da pausa para contemplar Clea, que continua a me observar por detrás de seus óculos escuros. Os menus são finalmente trazidos.

— Ao que interessa! — brinco.

Mas estou aliviado. Há silêncios que enriquecem, somando-se às viagens mais pessoais. E outros que perturbam. Algo há com Clea, que não consigo precisar. Tento imaginar, em um esforço de conciliação, que esse *algo* talvez nada tenha a ver com a jovem, e sim com a falta que Fernande e Natália fazem.

Para agravar o quadro, noto, sobre a toalha, uma formiga que avança prudentemente — e me recordo de minha mãe. O sol, que por alguns instantes se escondera atrás das nuvens, reaparece com força total. Aquece a lembrança dessas três mulheres, que agora me fazem companhia. A formiga carrega um pedaço de miolo seis vezes maior que ela. E o faz com grande categoria. Se é capaz de tal proeza, também eu devo poder suportar o peso dessas ausências.

— E o que é que você faz em Paris, Clea...? — indago, de olho no miolo que continua a cruzar a imensidão da toalha branca.

Ela sorri para Pierre, sem baixar o copo ou afastar o canudinho de sua boca. Consulta-o com o olhar. Pierre balança a cabeça, como um pai que encoraja uma criança a falar de si para o adulto que lhe dirige uma palavra interessada.

— Eu... — ela principia.

Seus dentes, alvos e finos, parecem reter a informação que ela hesita em revelar. Clea limita-se a prolongar o sorriso. Para meu desgosto, ameaça dar, com o polegar e o indicador, um peteleco no miolo de pão, o que projetará minha formiga no espaço — mas muda de idéia a tempo. Volto-me para Pierre, um ponto de interrogação na testa. Os dois se entreolham. Clea dá de ombros.

— Clea é escritora... — Pierre esclarece.

Escritora... Só faltava essa. A formiga, alheia ao perigo que passou, desce pela borda da toalha com sua carga e desaparece, deixando-me às voltas com a minha. Meu cansaço com essa família irrequieta de autores é compreensível. Os bons textos me afligem, os maus me deprimem, e ainda há as histórias que me vejo obrigado a administrar.

— Só que *ainda não publicada* — Clea acrescenta, como para me tranqüilizar. O tom é de quem sabe que a injustiça será reparada em breve. O telefone sem fio que o garçom leva para a mesa ao lado bem poderia ser destinado a ela e vir da Gallimard.

Deveria ter esperado pela sobremesa, ou pelo café, antes de formular minha pergunta polida. Como adivinhar? Um almoço inteiro agora nos aguardava, toda uma travessia em desertos perdidos, sem oásis à vista, durante a qual meu ofício mais íntimo seria trivializado em uma conversa provavelmente banal.

Olho para a jovem. O gênero de olhar que, com ou sem licença explícita de meu bom amigo Pierre, se inscreve na categoria macho/fêmea. Ela não é insensível à inspeção. Inclina a cabeça para o lado e dá um novo giro na manivela de seu sorriso.

— Ainda não escrevi uma única linha. — diz.

Aahh, esse gênero de escritor... Respiro fundo: pelo menos manuscritos não precisarei ler. E, mais aliviado, faço um esforço para descobrir em quem ela me faz pensar. Aos poucos, vou me dando conta de que não se trata de uma pessoa

— e sim de uma *imagem*. Um segundo mais, desvendo o mistério: trata-se da jovem atriz que, quatro décadas atrás, ou mais, fez uma ponta em *La Dolce Vita*, no papel de servente de um modesto restaurante de praia, e que reaparece na seqüência final do filme, tentando em vão se comunicar com um Marcelo Mastroiani que, à distância, desmonta na areia, sob o peso de seu terno escuro e suas ilusões. A esperança, representada pela extrema juventude, inocência e pureza da moça, cujo olhar brilha de afeto, contrapõe-se, na cena, à melancolia personificada pelo herói urbano moderno, em um contraste que freqüentaria, com incontáveis variações, as obras literárias ou cinematográficas que eu amara quando jovem — e que reveria pela vida afora com a mesma emoção contida.

De imagem em imagem, já que agora sou fertilizado por elas — com a ajuda, é bem verdade, do excelente vinho branco que Pierre mandou servir em nossa homenagem —, vou abrindo espaço para os personagens de meus próprios livros, que se insinuam a nossa volta e se agrupam nas cadeiras vizinhas. É natural que se juntem a nós, no momento em que fanfarras anunciam ao mundo o nascimento de uma escritora.

Vieram de longe meus amigos, saídos de livros recentes ou mais antigos. Alguns, em sua origem, circularam por livrarias hoje fechadas, que deixaram saudades. Esses envelheceram um pouco, conquistaram cabelos grisalhos ou portam óculos.

Todos agem como filhos pródigos, ainda que muitos não me abracem ou cumprimentem — e até me ignorem. Entre si, porém, trocam saudações efusivas. Estão realmente em casa. Um deles, fiel a seu perfil de garçom, serve aos demais uma rodada.

Quanto mais velhos os livros de que escaparam — percebo ao observá-los de olhos fechados —, mais solenes ficaram. É natural. Comparados aos colegas de minhas últimas obras, *foram mais lidos*. Terão, por isso, adquirido maior confiança em si. E, até, um ar de certa distinção.

Veteranos ou jovens, todos mal disfarçam a curiosidade com que contemplam a futura autora. Quem sabe, venham a freqüentar seus livros? Em certa medida, afinal, encontram-se disponíveis, como parte de uma espécie de elenco coletivo — e inconsciente — que são...

Enquanto isso, alheia ao escrutínio geral, Clea continua, com seu arzinho contente, a bebericar seu *kir royal*. Talvez ignore os desafios que a aguardam, das dificuldades em ver sua obra publicada à incompreensão dos críticos, para não falar das resistências dos editores em acreditar em talentos jovens, ou da má vontade dos livreiros em divulgar obras de estreantes. Vencerá uma a uma essas barreiras, se tiver fôlego, humildade — e sorte. E um parceiro que a ampare nessa luta, como eu tivera Natália.

Ignoro se terá êxito. Mas tranqüilidade é que não lhe falta:

— No fundo, escrever é apenas um detalhe... — declara.

O curioso é que ela até tem razão. Só que esse tipo de frase em geral necessita de lastro — no caso, *de obra.* Trata-se de um desses paradoxos que apenas os escritores conhecem.

— É verdade — comento, com leveza. — Mas os editores costumam demonstrar um particular interesse por detalhes dessa natureza...

Ela ri de meu comentário. Agora que seu sorriso se encontra ancorado em uma parte ensolarada de minha juventude, Clea me conquista aos poucos. E é em sua homenagem que ergo um brinde. À distância, dois garçons se aproximam com nossos pratos.

O pássaro, que momentos antes havíamos aguardado, surge então vindo do nada. Pousa em um dos braços da cadeira vazia a nosso lado e solta um trinado. Depois, bate asas — mas não vai muito longe. Voa para a mesa vizinha, como se necessitasse de um pequeno recuo para nos observar.

36

O almoço acabou sendo costurado por frases amenas, ainda que escassas. Talvez porque estivéssemos com fome. A conversa girou, quase sempre, em torno de temas que mais pareciam servir de acompanhamento aos pratos — uma forma de homenageá-los. Meus personagens, enquanto isso, valiam-se dos silêncios para inserir comentários dos mais variados, ou manter, entre si, uma série de discussões paralelas, que incidiam sobre seus respectivos passados, já que futuro não tinham. Era o único poder que ainda detinha sobre eles: o monopólio sobre seu destino.

Depois do café, Pierre sugere uma visita ao terreno no qual pretende construir sua casa. Gosto da idéia. O exercício contribuirá para sacudir o torpor que, mais para o final da refeição, começara a me dominar.

O terreno fica em uma colina situada a uns dois quilômetros do *L'Atalante*, pouco após a curva que separa a baía onde se encontra o hotel da enseada seguinte. Tomada a decisão de caminhar, enveredamos pela estrada de terra batida que sobe rumo à encosta. O arquiteto do projeto, que é indiano mas vive em Sumai, se juntou a nós.

Em meia hora, chegamos ao local. São uns trezentos metros quadrados de área, em um espaço razoavelmente plano, que se debruça sobre o mar — rochoso nesse trecho da costa. Pierre abre a planta, *bem grande para uma casa tão pequena*, como diz. Lá estão sua futura sala e seus dois quartos, cercados pela varanda. O arquiteto fornece detalhes, fala das janelas e esquadrias, menciona os armários embutidos no corredor, o balcão que separará a cozinha da sala, a jacuzzi ao ar livre. Pierre ainda não sabe onde, exatamente, situará a casa, se no meio, ou na parte mais recuada do terreno, que faz fronteira com o vizinho de trás. *Um casal australiano...*, ele revela, *que planeja se aposentar em Sumai. Uma gente ainda jovem, muito simpática.*

Difícil imaginar que Pierre, exemplar perfeito de francês cosmopolita, traquejado viajante ainda por cima, com sólidas raízes em seis ou sete países, possa determinar que essa seja sua última morada. E que, em alguns anos mais, caberá a esses australianos anônimos chamar o médico que lhe prestará os primeiros socorros e, mais adiante, assinará seu atestado de óbito.

Quem sou eu, porém, para falar tão sombriamente do futuro alheio? E o que pensará Clea desse projeto de vida? Ela se afastou com o arquiteto. Ambos inspecionam o mar que, cem metros abaixo, bate nas pedras. Ele pega, entre os dedos, a medalha que pende de sua lapela. Ela diz algumas palavras, imagino de explicação — mas que não chegam a mim.

— Qual é a história? — pergunto a Pierre, aproveitando que estamos a sós.

— Que história? — ele indaga por sua vez.

— Clea. Você.

— Aahh... *essa história...* — ele diz, olhando para sua amiga. Com um suspiro, coloca a planta de volta em seu tubo.

Cabe um mundo nesse gênero de suspiro, como bem sei. É parente próximo dos meus — e tem raízes na terceira idade. Os mais jovens não dispõem de memórias que, dada sua natureza, exijam pulmões tão resistentes. Desses que, por terem sido consumidos pela tristeza ou indiferença, o tempo fortaleceu.

— Não tem história.

— Não tem história? Como? Nada *existe* sem história, Pierre. *Alguma história* tem de haver...

Sempre há uma história... Em um passado já longínquo, aqui mesmo, nas costas de Samarkan, nessas águas que se estendem a perder de vista, aventuras nunca descritas foram certamente vividas. Histórias, quem sabe, repletas de gestos audazes e heróicos, de tristezas e injustiças. Histórias que, uma a uma, se perderam.

Restam, então, as mais recentes. E essas, por serem singelas ou modestas, passam despercebidas. Ainda que, a seu modo, seus detalhes me interessem — e muito. Como os projetos de Pierre, com sua modesta casa que talvez nem saia da planta. Ou os enigmas que Clea passeia em meio a uma paisagem indiferente. Ou, ainda, minhas próprias aventuras que, sem fazer de mim um Ulisses pós-moderno, me levam cada vez mais a reconhecer que a felicidade tem mesmo um pé no sofrimento.

Em Kublai, pouco após meu regresso do Brasil, eu testemunhara, de meu carro imóvel em um sinal fechado, uma minúscula cena dessas. Um mendigo, sentado na calçada com as pernas cruzadas, em posição ioga, bebia uma cerveja, cercado pela indiferença dos passantes. Falava consigo mesmo sem parar, de forma alterada. O que conferia dignidade ao momento não era tanto a pose do homem, que era idoso, magro e trazia uma camisa aberta ao peito. Nem a ênfase com que enunciava suas frases. Era o copo que ele pousara ao chão, ao lado da garrafa.

Graças ao simples utensílio — não se tratava de copo de plástico e sim de vidro, quem sabe, até, de cristal —, toda a calçada se transformara, naquele entardecer, em uma vasta e interminável mesa, mais autêntica e imponente do que as que integravam palácios reais ou mansões burguesas. E o homem tinha plena consciência disso. De quando em quando, servia pequenas doses da bebida e elevava o copo aos lábios por alguns segundos, sugerindo, com seus gestos ponderados, não apenas o desejo de melhor apreciar o líquido que ingeria, como também a tranqüilidade com que, de seu ponto de observação privilegiado, considerava nosso planeta e seus patéticos habitantes.

Eram inúmeros os mundos que nos separavam, todos intransponíveis. Uma pena... Porque havia uma nobreza na postura daquele homem, e um distanciamento em sua indignação, como não encontrei em nenhuma das mesas que freqüentei pela vida afora.

— Uma delícia essa brisa, não? — comenta Pierre.

37

No dia seguinte, mais para o final da tarde, instalo-me novamente em meu guarda-sol diante do mar e leio por algum tempo. Quando ergo os olhos de meu último texto, revejo Clea à distância. Caminha sozinha pela areia. Usa um biquíni esverdeado e tem a parte inferior do corpo recoberta por um sarongue azul-claro. Traz um chapéu de palha na mão e uma toalha caída ao ombro, como uma túnica romana, o que me leva a pensar em sua medalha, esquecida em uma roupa agora pendurada em algum armário.

Ela me vê sentado, cercado de livros, revistas e jornais, e me dá, de longe, um adeusinho. Parece disposta a passar por mim, na seqüência de seu passeio à beira d'água. O mar brilha no entardecer, já com um ar de despedida. Estimulado por ele, talvez, aceno de volta para ela, sugerindo, por gestos, que faça uma breve escala em meu refúgio, e até ocupe, se desejar, a cadeira de lona a meu lado, por alguns instantes que seja. Quem sabe possamos, juntos, ver o pôr-do-sol?

Convite aceito, ela me descreve com animação a caminhada de uma hora que acaba de fazer (*pensei em chegar à altura do terreno de Pierre, mas as rochas não me deixaram passar*, explica), o que me permite, por meu lado, revelar que também prefiro andar à tarde, pois uso as manhãs para ler ou escrever, fundindo meus sonhos aos textos (*o que explica o gênero de literatura que você faz?*, ela indaga), e com isso vamos nos aproximando do assunto que interessa a ambos, e sobre o qual raramente falo, esse meu ofício de escritor.

Algo muda em sua fisionomia, quando nos descobrimos em meio ao tema. Já não há nada, ali, de irônico ou distante. Sinto, ao contrário, que ela está atenta. E, quem sabe, disposta a me ouvir. Tenho até, por um segundo, a sensação de haver caído em uma cilada.

Tomo então suas mãos nas minhas. Sou velho o suficiente para ser seu pai, mas o gesto é de avô. Com isso, coloco duas gerações entre nós, o suficiente para que minha atitude não a surpreenda. E retorno à pergunta da véspera, dessa vez com um interesse real:

— Em Paris, o que é que você faz? Ou fazia, até viajar?

— Sou jornalista — ela responde. — Ou era. Fui despedida. Cobria a área internacional, com ênfase no Sudeste Asiático. Nem sei se vou continuar no ramo. São muitas as tensões, as rivalidades. Para não falar dos egos, delirantes...

É muita informação, para quem até ali tão pouco dissera de si. Ela retira sua mão das minhas. Mudo o foco para meu amigo:

— E Pierre?

— Ele adora um bom mistério, não? Combinamos que só contaríamos a você o mínimo. Para intrigá-lo. Ele diz que, como escritor, você está sempre atrás de personagens.

— Ou eles atrás de mim.

— Pierre até suspeita de que já faz parte de seu livro.

— Muita pretensão dele.

Ela ri, jogando a cabeça para trás. Parece-se, cada vez mais, com a atriz que enraizara *La Dolce Vita* para sempre em meu futuro. O sorriso é o mesmo. E dele já consta uma semente de ternura, a mesma que, com sorte, florescerá em sua obra.

— Somos parentes, Pierre e eu — ela prossegue. — Sou filha de uma prima que ele nunca chegou a conhecer. Mas eu sabia dele. Sempre ouvira falar desse tio que transitava de hotel em hotel pelo mundo afora. Em menina, imaginava-o vestido de fraque, saltando, literalmente, de telhado em telhado, mas sem jamais perder sua cartola.

Um personagem, que tudo tivera para fascinar a jovem provinciana. E que, mais adiante, a parisiense esquecera.

— Acabamos nos encontrando por acaso, duas semanas atrás. Em um bar de Saint Michel, em uma mesa de amigos comuns, jornalistas como eu. Engrenamos uma conversa durante a qual, em certo momento, falamos da

Normandia. Descoberto o parentesco, subimos e descemos nossa árvore genealógica. E, ao final, ele me convidou para passar uns dias em Sumai. Eu tinha, por conta do jornal, milhagens suficientes para dar três voltas ao mundo. E estava entre empregos. Aceitei o convite. Dali a dias, tomei o avião com ele. E aqui estou. Em quartos separados, como você deve ter reparado.

— Nunca reparo nessas coisas.

— Ele e Fernande em um, eu e meu manuscrito no outro.

— Manuscrito? O que...

— ...penso começar à noite.

— Hoje mesmo?

— Sim.

Era a vez dos personagens *dela* subirem em cena. Mas de onde sairiam?

— Posso dar uma contribuição? — pergunto.

— E por que não? Sem compromissos, é claro...

— *O sol se punha. Na praia, o homem acenou para mim do fundo de sua barraca. Um sessentão baixote e gordo, meio surdo, que eu conhecera dois dias antes, em um restaurante de hotel de praia.*

— *Mas somente ali, naquela praia em uma costa perdida, no mais distante dos países...*

— *...é que senti, de forma clara e inequívoca...*

— *...que ele seria meu personagem.*

38

— *...que ele seria meu personagem.*

Seu personagem... *E por que não?* O que, para ela, talvez fosse uma brincadeira, para mim subitamente conquistara ares de revelação. Quantas vezes eu não alimentara, como escritor, a fantasia de desaparecer ao final de um texto meu — sem deixar vestígios? Não podendo fazê-lo em livro próprio, por que não sair de cena ao abrigo de uma obra alheia, *passando de autor a personagem?*

Nesse espírito, disponho-me a explorar a idéia. Mas pela sombra, como convém, de modo a não assustar Clea, pois se eu aspiro à saída do labirinto, ela se interessa pela entrada. Somos espectadores que se cruzam na ante-sala de um cinema, entre duas sessões de filmes distintos, o primeiro, quem sabe, em preto-e-branco, o segundo em toda probabilidade colorido. Eu busco a luz da rua; ela, a escuridão da sala de projeção. O que nos une (e separa) é o intervalo. Nada mais frágil. Daí o cuidado com que prossigo, recuando para avançar:

— Pensando bem, não creio que esse seja um bom início para seu livro. Você precisaria de algo mais incisivo. Esse diálogo... não sei. Talvez desse para *concluir* um romance. Do gênero do meu. Mas não creio que...

— Tudo depende do uso que eu faça dele... — ela interrompe.

Seu tom também é exploratório. Mas ela tem razão no que diz. Afinal, a cena conclusiva de *La Dolce Vita*, à qual devia seu sorriso (por gentileza de uma atriz hoje sexagenária), bem poderá ter sido incluída no roteiro do filme por mero acaso. Ou permanecido na seqüência que conclui a obra por uma decisão tomada apenas na sala de montagem.

— É verdade... — concedo. — O uso do material é prerrogativa do autor, que pode manipulá-lo a seu bel-prazer. De toda forma, o começo de um livro é por vezes apenas um pontapé inicial. Descartável, por definição, em parte ou no todo. Meus fundos de gaveta estão repletos de inícios descartados.

Ela sopesa cada palavra, a meio caminho entre estudante e autora. Sem estar desconfiada, mantém-se atenta às ironias.

— Começar seu livro comigo seria complicado... — repito de olho nela. Vejo-a, agora, como uma espécie de âncora, que me auxilie a baixar minhas velas em um porto seguro.

Sem trocar de lentes, ela ajusta seu foco:

— Pierre me disse que você estava concluindo seu romance.

— Ele disse? Muito indiscreto, esse seu parente.

Limpo os óculos na camisa.

— A parte final de um livro é sempre delicada... — comento, voltando a pousar meu olhar sobre ela.

— Eu poderia ajudar.

Isca mordida.

— Como, *ajudar*?

— Ajudar a terminar seu livro. Escrevendo o capítulo final de seu texto, que depois viesse a... *emendar no meu.*

— No *seu*?

— É. No primeiro capítulo de *meu* livro.

Isca, anzol e linha. Uma beleza, essa menina. Ah, esses jovens escritores, quanto ânimo, quanto energia. Quanta pureza. E, tudo somado, que bela idéia a dela. Bem além do que eu próprio imaginara. A fusão dos livros, o velho e o novo se dando as mãos...

— Você pode até já estar ajudando, Clea... — respondo. — Mas em um plano mais discreto, que tenha a ver com a elaboração de alternativas. Pensadas a dois, em voz alta, com o sol por testemunha...

Se eu não fosse tão surdo de meu ouvido esquerdo, escutaria com certeza as engrenagens de seu cérebro rangendo. Introduzo aqui uma nota adicional de cautela:

— Mais do que isso, porém, impossível: não posso delegar meu texto a uma terceira pessoa. Por mais encantadora, ou talentosa, que seja. E muito menos a conclusão do livro. Minha editora não gostaria, ficaria horrorizada. É um detalhe, bem sei, mas...

— Por que não? Pode dar certo.

— *Dar certo?* — o riso vem direto do coração. — Você não tem *idéia* do que está falando, minha querida.

Mas ela não é boba. Sabe perfeitamente do que está falando. E percebe a brecha por onde pode se meter:

— Seria sua vez de virar personagem. Para variar um pouco. Ser autor deve cansar.

Para ganhar tempo, e não permitir que as transições fiquem bruscas demais, recorro a uma anedota verídica, extraída de meu passado:

— Quando publiquei meu primeiro livro — e volto-me para ela bem animado —, um amigo, até chegado, disse que eu *não tinha sabido terminar minha história.*

— Pois veja...

— Ele devia ter suas razões. Como saber? De toda forma...

Ao longe, vejo o garçom parado, de braços cruzados, os olhos no mar. Gesticulo vagamente em sua direção. Clea se levanta da cadeira e abana seu chapéu de palha. Sentimos a mesma sede. A sede dos labirintos.

— Pronto, ele nos viu! — ela diz. — Está vindo...

— O que você quer tomar? — pergunto. — Essa conversa não pode prosseguir a seco.

— A essa hora? — ela indaga. — Talvez um uísque...

— Meu amigo... Dois uísques, por favor... Aliás, traz a garrafa. E um balde de gelo.

Clea volta à carga:

— Então, que tal... inovar um pouco?

— Inovar?

— Deixando que eu participe da conclusão de seu livro.

— Mas você já está participando, Clea. Além do mais, meu texto está em português. E sem ler o livro, você não.... Você fala português, Clea?

— Não, não falo português — ela responde rindo.

— Não precisa rir, não. É uma língua belíssima, minha querida. Você deveria aprendê-la. Possui expressões... expressões que não existem em idioma algum.

— Como, por exemplo?

— Como, por exemplo... por exemplo...

Uma inspiração:

— Como... *cavalo-de-pau.*

— Cavalo-de-pau?

— É... A expressão ilustra o que você está querendo fazer com meu livro agora. Não é linda? *Cavalo-de-pau...* Faz pensar em arte popular, naquelas pecinhas de artesanato nas feiras do interior de meu pa...

— E o que significa?

— Diz-se de um veículo, em geral um carro — e por que não um livro? —, que trafega em toda velocidade em uma linha reta e que, de repente, sem diminuir o ritmo, dá uma volta sobre si mesmo. *Cavalo-de-pau*... Equivale, em cinema, a um contraplano. Os diretores amadores produzem diversos, a cada filme. Os experimentais, ao reinventar a roda, abusam do recurso.

Aproveito o silêncio que segue para deixá-la a sós e dou um último mergulho. Ao voltar, empunho o uísque que o garçom acabou de trazer. Clea, que não tocou em sua bebida, continua às voltas com nosso bom cavalo, que agora já corre mais solto.

— A rigor... — ela diz —... nem preciso falar português. Não quero ler seu texto. Assim, fico mais livre.

Passo-lhe o prato com os amendoins. Ela recusa, eu pego um punhado.

— Um capítulo-ponte... — comento, como se estivesse me reconciliando com a idéia.

Simpático isso...

— Uma ponte... — retomo a imagem, enquanto volto a me sentar, embrulhado em minha toalha, pois a temperatura cai a nossa volta — ...entre dois livros, duas histórias, duas culturas.

— Um texto que nada deve ao que veio antes... — ela diz.

— Nada *sabe* do que veio antes... — corrijo.

— ...e nada sabe sobre o que ainda virá — ela completa.

A bola que duas crianças chutavam não longe de nós rola até minha cadeira. Chuto-a de volta. Não há espaço, aqui, para interrupções de qualquer tipo.

— Não é fascinante? — pergunto, observando as crianças que correm atrás da bola.

Dou um novo gole em minha bebida. Estou bem contente. Como se, aos dezesseis anos, depois de entregue a última prova do semestre à professora, eu tivesse acabado de entrar em férias. Não existem férias melhores que as escolares. Ou as que se sucedem a um final de história.

— Com essa bola de fogo no céu, e o mar dourado a nossa frente, tudo é fascinante... — ela concorda.

Talvez, minha jovem amiga... — penso. — *Mas nem isso é certo.* O sol se punha velozmente em minha história.

Mas nascia para Natália, do outro lado do mundo, naquele exato instante. Um ciclo se fechava, um novo se abria, por cortesia da natureza.

E, bem a meu lado, um outro ciclo aguardava:

— Pensando bem, você talvez tenha razão... — diz Clea. — Algo eu deveria saber de seu livro...

— Não sei... — respondo, no mesmo tom hesitante. — Já não tenho tanta certeza. Talvez seja mesmo melhor nada saber.

— Nem onde a história começa? — ela insiste. — E termina?

Uma concessão conviria fazer aqui, quem sabe.

— Pode ser.

— E onde é que ela começa?

— Minha história? Aqui, nesta praia.

— Aqui?

— É... Duzentas páginas e dez meses atrás.

— E onde termina? Ou terminaria?

— Em Alexandria.

Com a mão, aponto vagamente na direção da colina atrás da qual se esconde o terreno de Pierre. E onde todos os livros por escrever a aguardam.

— *Alexandria...* — ela repete, quase para si mesma, de olho na ponta da enseada, como se entrevisse as linhas gerais de um cenário que lhe coubesse agora mapear e decifrar.

Diante de nós, o sol finalmente se põe. Seus últimos raios ainda iluminam o rosto de Clea, mas já não alcançam a penumbra na qual me encontro. Não importa: o mar foi generoso comigo e me poupou. Muitos não tiveram a mesma sorte, em passado recente. Como ignorar essa indulgência do destino — e deixar de agradecer?

Este livro foi composto na tipologia Goudy Old Style BT, em corpo 12/16,5, e impresso em papel off-white 80g/m² no Sistema Cameron da Divisão Gráfica da Distribuidora Record.